L'épouse d'une vengeance

TARA PAMMI

L'épouse d'une vengeance

Traduction française de
CHRISTINE MAZAUD

AZUR

HARLEQUIN

Collection : Azur

Titre original :
THE FLAW IN HIS MARRIAGE PLAN

HARPERCOLLINS FRANCE
83-85, boulevard Vincent-Auriol, 75646 PARIS CEDEX 13
Service Lectrices — Tél. : 01 45 82 47 47 - www.harlequin.fr
ISBN 978-2-2804-4822-2 — ISSN 0993-4448

Composé et édité par HarperCollins France. Achevé d'imprimer en janvier 2021.
par CPI Black Print - Barcelone - Espagne
Dépôt légal : février 2021.

FSC
www.fsc.org
MIXTE
Papier issu de sources responsables
FSC® C159065

Pour limiter l'empreinte environnementale de ses livres, HarperCollins France s'engage à n'utiliser que du papier fabriqué à partir de bois provenant de forêts gérées durablement et de manière responsable.

1.

— Marions-nous, ma princesse.

Contrairement à l'habitude, Vincenzo Cavalli parut désarçonné, comme si la proposition qu'il venait de faire lui avait échappé.

La super-top model Alessandra Giovanni, l'une des plus belles femmes qu'il ait jamais rencontrées, sembla aussi abasourdie que lui. Elle s'apprêtait à remettre une mèche de ses somptueux cheveux blonds en place, et resta, le bras en l'air, à le regarder.

Il la dévisageait, comme effaré.

Que s'était-il passé pour qu'il enfreigne les règles qu'il s'était juré de ne jamais transgresser ?

Il était fou ! Pas possible, il avait disjoncté !

Depuis vingt longues années, il suivait à la lettre un plan qu'il s'était promis de mener à bien : s'approprier ce dont il avait toujours été privé, l'amour et l'argent.

Chacun de ses pas, chacun de ses gestes étaient guidés par cet unique objectif – faire main basse sur Brunetti Finances Inc., cela et rien d'autre. Chaque heure de chaque jour, il avait sué sang et eau pour sortir de la pauvreté et atteindre ce but – obtenir, un jour, ce qui lui revenait de droit de par sa naissance.

Au départ, poursuivre Alessandra Giovanni de ses assiduités avait fait partie de son plan ; il s'y était attelé dès qu'il avait découvert qu'elle était liée aux Brunetti, cette famille qui les avait laissés mourir de faim, sa mère et lui.

Mais demander Alessandra en mariage n'avait jamais fait partie du projet. L'étonnement était aussi énorme pour lui que pour elle.

Maintenant que les mots étaient lâchés, il ne lui restait qu'à aller jusqu'au bout. Pas parce qu'il était un homme d'honneur, qui tiendrait sa parole.

L'honneur était un luxe qu'il n'avait jamais pu s'offrir... Pas plus que des souliers neufs ou trois repas par jour, du temps où il errait dans les rues de Milan.

L'honneur était un mot qui n'avait pas sa place dans son vocabulaire. C'était une notion qu'il ignorait.

Non, sa demande était personnelle. La première chose non calculée qu'il faisait depuis longtemps. Peut-être même depuis toujours.

C'était déraisonnable, illogique mais, au vu du choc dans les yeux d'Alessandra, de son excitation – qu'elle s'était empressée de dissimuler —, au vu du rose qui lui avait empourpré les joues, de sa respiration qui s'était emballée... et de l'adrénaline qu'il avait sentie courir dans ses veines et qui lui avait enflammé le sang à l'idée de se retrouver devant les Brunetti, ces maudits Brunetti, Alessandra, devenue sa femme, à son bras, il sut tout de suite qu'il avait eu raison.

Pourtant, plus que tout, il la voulait dans sa vie.

La chimie avait opéré dès l'instant où il l'avait débusquée dans un coin paradisiaque de Bali, et il en avait été profondément déstabilisé. Il ne s'attendait pas alors à une quelconque attirance réciproque. Maintenant qu'Alessandra s'était donnée à lui, il n'allait pas la laisser lui échapper. Il avait trop aimé...

Quant aux liens d'Alessandra avec la famille qu'il projetait depuis toujours de détruire, il se faisait fort de les dénouer et de lui faire adopter son point de vue. Une fois ses raisons exposées, Alessandra se rangerait de son côté. Elle n'avait pas de lien de sang avec eux. Elle comprendrait son besoin de les écraser tous. Elle avait un sens très fort du bien et du mal, défendait des causes justes… Cela faisait partie de ses qualités et la lui rendait d'autant plus magnétique.

Il leva sa flûte de champagne sans la quitter des yeux.

Dans son minibikini bleu ciel qui enserrait ses seins comme la main tendre d'un amant, elle était divine. Mannequin défilant pour les plus grandes maisons de couture, elle ne l'avait pas surpris par son régime fitness, en revanche son énergie pour prendre à bras-le-corps les problèmes du monde l'avait interloqué.

Le bleu de la piscine, au milieu des pelouses de la luxueuse villa, avec, en toile de fond, les collines luxuriantes puis les vallées de Bali, ne pouvait égaler la beauté de la belle. Elle était magnifique, voluptueuse, à couper le souffle. Ce n'était pas seulement la beauté d'une peau parfaite, ni les traits réguliers de son visage, ni la silhouette que toutes les femmes ou presque lui enviaient sûrement, c'était autre chose.

C'était ses imperfections qui lui plaisaient, de petits détails charmants qui faisaient d'elle la plus délicieuse des femmes.

L'interstice entre ses dents de devant, les dents du bonheur, sa fraîcheur et son naturel, son humour décapant et son obsession pour le milieu de la boxe, sa volonté de redresser les injustices du monde… Tout cela, c'était sur le papier. Sûrement trop beau pour être vrai. Tant d'atouts avaient excité sa curiosité…

Et c'était vrai. Elle était sublime et, dès la seconde où leurs regards s'étaient croisés, il avait su qu'elle avait gagné !

Il émanait d'elle, aussi, une certaine fragilité, nuance subtile que les photographes, même les plus talentueux, n'avaient pas captée.

Elle le regardait maintenant fixement de ses grands

yeux noirs, lumineux, dont l'éclat l'avait tenu éveillé toutes les nuits passées.

Elle est naïve, lui rabâchait sans relâche sa conscience, qu'il ne parvenait pas à faire taire. *Tu vas la faire souffrir.*

Non, pas s'il lui donnait une vraie place dans sa vie. Pas s'il lui offrait cette chose qu'il n'avait jamais envisagé d'offrir à personne. Pas s'il lui expliquait clairement ses motivations, pas avec le sens inné du bien et du mal qui la caractérisait.

— Se marier ? répéta-t-elle.

Elle s'humecta les lèvres, ne se doutant pas que la caresse de sa langue sur sa bouche l'excitait.

— Non, Vincenzo, ne joue pas avec ça.

Elle fit semblant de rire mais il vit qu'elle était émue et essayait de le cacher. Cela aussi lui plaisait chez elle. Elle était limpide, il lisait en elle comme dans un livre ouvert, une qualité rare qui détonnait dans son monde sans pitié.

Il finit son verre et, le cœur battant, piqua une tête dans la piscine. Quelques brasses et il revint au bord, sortit de l'eau et la serra contre lui, si près qu'il sentit son souffle tiède sur son visage.

Il lui remit une mèche de cheveux derrière l'oreille, le simple fait de la toucher l'excitait.

— Tu devrais savoir que je ne parle pas pour ne rien dire, ma princesse, lui dit-il, l'embrassant sur la joue.

Il glissa les mains sur ses hanches, geste qui la fit frissonner.

— Ah ?

— Oui, ma chérie. Les semaines que nous venons de passer ont été…

Il fronça les sourcils, essayant de décrypter le sens de son *ah ?* Jamais il ne s'était abandonné à la sensualité comme avec elle. Aucune femme ne lui avait fait perdre la tête comme elle.

— Merveilleuses. Fantastiques. Magiques, fit-elle.

Il rit d'un rire qui le surprit lui-même.

— Tout ça. Et je trouve…

Il l'attira à lui jusqu'à ce que leurs souffles se mêlent. Jusqu'à ce qu'elle passe les bras autour de son cou. Jusqu'à ce qu'elle plonge les doigts dans ses cheveux pour lui faire baisser la tête. Jusqu'à ce que leurs poitrines se touchent et que leurs cœurs battent à l'unisson.

— Je ne veux pas te laisser partir, ma chérie. Je ne pourrai jamais. Et si nous officialisions ?

Elle eut un soupir. Il la sentit frissonner contre lui.

— C'est dingue ! Ces semaines ont été complètement folles.

— Folles… Folles ? demanda-t-il. Ou folles… pas bien ?

Il sentit une boule lui serrer la gorge. Il n'était pas habitué à cette sensation-là. D'habitude, il n'attendait pas les réponses, il s'en moquait. Pendant toute sa vie d'adulte, il avait manipulé le cours des choses pour qu'elles se déroulent comme il l'entendait. Il avait pris au lieu de demander. Parce qu'il avait appris, jeune, que c'était la seule façon d'obtenir ce qu'il souhaitait.

— Non, folles sympa. Folles comme un conte de fées, enfin presque. Quand je suis avec toi, je me sens presque une princesse… C'est comme cela que tu m'appelles, non ?

Elle se tut et il attendit, un peu inquiet.

— Aucun homme ne m'a jamais émue comme toi. En fait, j'étais sur le point de rayer le mot hommes de mon vocabulaire. J'en avais assez d'eux, et du monde en général. Quand j'étais plus jeune, j'ai lu l'histoire d'une fille sauvée par un prince. Et toi…

— Je ne suis pas un prince, Alessandra.

Elle soupira et, blottie au creux de son épaule, mordilla la peau tendre de son cou.

Immanquablement, son corps réagit. Il se pressa encore plus contre elle.

— Entre nous c'est magique et je ne veux pas que cela s'arrête. Je ne veux pas retourner à la vraie vie.

Elle releva la tête et planta son regard dans le sien.

— C'est bien gentil mais nous ne nous connaissons même pas ! Ou si peu.

— Assez, en ce qui me concerne, pour savoir que je veux partager ma vie avec toi. C'est une chose qui ne m'est jamais arrivée. Maintenant, comment être sûr que ces quelques semaines ont vraiment modifié ce que je veux de la vie ? Comment être sûr que ce que tu m'as confié de tes souhaits pour l'avenir coïncident avec les miens ?

Un immense sourire illumina son visage de madone.

— C'est sûr, Vincenzo. N'attendons pas. Marions-nous.

Le baiser passionné d'Alessandra lui enleva tous ses doutes… S'il en avait encore. La douceur de son corps qui ondulait contre le sien et clamait son désir acheva de le convaincre.

En quelques secondes, il lui ôta son bikini et la prit, violemment, impatient de se délecter du plaisir de l'avoir toute à lui. Un sentiment de paix qu'il n'avait jamais éprouvé l'envahit alors tandis que, savourant ses lèvres, il la sentait se resserrer autour de lui.

Pour un homme qui n'avait jamais partagé sa vie avec personne, la tendresse de ces baisers lui fit l'effet d'une bénédiction, comme si un avenir qu'il pensait ne jamais connaître s'ouvrait à lui.

La sonnerie d'un téléphone sortit Alessandra de son sommeil. Elle s'étira et sourit en sentant les courbatures, douloureux et délicieux témoins de la nuit de folie que Vincenzo et elle venaient de passer. Encore ensommeillée, elle enfouit le visage dans l'oreiller posé près du sien. Il était vide.

Évidemment ! L'homme qu'elle avait épousé était un bourreau de travail.

Le portable sonna encore. Agacée, elle se leva et, à tâtons, trouva le téléphone dans un tiroir. Bizarre, ce n'était pas l'endroit où Vincenzo le rangeait habituellement.

Coup d'œil à l'écran. Elle connaissait ce numéro. C'était celui de Massimo.

Pourquoi Massimo Brunetti appelait-il Vincenzo ? Et comment le connaissait-il ?

Depuis que Greta Brunetti, la matriarche de la dynastie Brunetti, l'avait accueillie à bras ouverts quelque treize ans plus tôt – Alessandra était alors adolescente —, après avoir découvert que son second mari, beaucoup plus jeune qu'elle, avait une fille illégitime née d'une aventure avec une autre femme, les Brunetti étaient devenus sa famille adoptive. Elle partageait son foyer avec les petits-fils de Greta, issus du fils qu'elle avait eu de son premier mariage. Bien qu'ils n'aient pas de lien de sang avec Alessandra, Leonardo et Massimo Brunetti l'avaient tout de suite adoptée et aimée, partageant sans compter avec elle leur maison et leurs cœurs.

Le portable sonna de nouveau. Bien sûr, Massimo s'inquiétait pour elle. Comme eux tous, sûrement.

Assaillie par sa mauvaise conscience, Alessandra pensa aux semaines qui venaient de s'écouler. Elle n'avait pas prévu de rester aussi longtemps loin de Milan. Elle pensait prolonger – un peu – son séjour à Bali après sa dernière séance photo, pour y voir plus clair dans ses projets et dans sa vie en général. Elle avait même coupé son téléphone pour être sûre d'avoir la paix.

Mais au lieu de réfléchir à son avenir, elle avait rencontré Vincenzo. Et s'était mariée en secret. Elle pensait l'annoncer plus tard aux Brunetti ; Massimo, Leo, et surtout Greta méritaient plus qu'un texto ou un message pour une nouvelle pareille. Pour l'instant, Massimo, le génie de la technique, avait dû découvrir – par quel miracle ? Mystère – qu'elle était avec Vincenzo. Mais comment était-ce possible ? Vincenzo ne lui avait même pas dit qu'il connaissait les Brunetti.

Elle finit par décrocher.

— Massimo ? Bonjour.

— Alessandra ? Mais où es-tu ? Et pourquoi réponds-tu au portable de Vincenzo Cavalli ?

Alessandra se mordit les lèvres. Massimo avait une drôle de voix. Quelque chose n'allait pas.

— Comment se fait-il que tu fasses son numéro, Massimo ? Comment le connais-tu ?

Une certaine impatience teinta la voix de Massimo.

— Écoute-moi. Vincenzo est… C'est lui qui est à l'origine de tous les ennuis que nous connaissons chez Brunetti Finances. C'est lui qui a lancé la cyberattaque contre nos sociétés. C'est lui qui a soudoyé nos administrateurs pour qu'ils ne renouvellent pas le mandat de Leo. Il est dangereux, toxique. Ça fait plus d'un an qu'il mène des actions contre nous. Des attaques concertées contre nous tous, Leo, Greta, moi. Il a même réussi à mettre la main sur la majeure partie des actions de Père.

Contre nous tous… Massimo, Leo, Greta.

Et elle ? Était-elle aussi une sorte de cible ?

Sentant le sol se dérober sous ses pieds, elle s'effondra sur le lit, les genoux tremblants, des nœuds à l'estomac.

— Massimo, je ne comprends pas. Mais pourquoi… Comment ?

— Leo essaie de te joindre depuis un moment mais tu es injoignable. On a appris que Cavalli était aussi à Bali et on voulait s'assurer que tu gardais tes distances. Il est redoutable. Finalement c'est Natalie, qui a travaillé avec lui, qui a eu l'idée d'appeler sur son ancien numéro pour essayer de lui parler. C'est tout ce qu'on a trouvé comme idée.

Sous le choc, Alessandra resta tétanisée. Muette.

— Bon sang, Alessandra, mais qu'est-ce que tu fiches avec ce type ? Pourquoi… ?

Ulcérée par le mensonge de son tout nouveau mari, se sentant trahie, elle coupa la parole à Massimo.

— Je… Si je… réussis à trouver un taxi pour l'aéroport, est-ce que tu peux me rapatrier, Massimo ?

C'était urgent. Il fallait qu'elle parte. Tout de suite. Avant le retour de Vincenzo. Avant qu'il use de son charme, et de son talent de beau parleur et d'expert en amour pour la séduire de nouveau.

— Pas de problème, je m'en occupe. Mais dis-moi, tout va bien ?

— Oui… Enfin… S'il te plaît, sors-moi de là.

— OK, ne bouge pas. Donne-moi quelques minutes, le temps de t'organiser un vol. Ne t'inquiète pas, Leo et moi, on va t'arranger ça. On ne te laisse pas tomber.

Elle raccrocha et se mit à gémir sur le téléphone.

Aïe aïe aïe, qu'avait-elle fait ?

Pourquoi Vincenzo ne lui avait-il jamais parlé des Brunetti, puisqu'il les connaissait ? Pourquoi leur voulait-il du mal ? Ce n'était sûrement pas une erreur. Cela faisait plus d'un an que Leo et Massimo étaient attaqués sur tous les fronts dans leurs affaires. Même elle s'en était rendu compte.

Et, maintenant, l'homme dont elle était raide dingue, l'homme qu'elle avait épousé tambour battant, n'était pas le prince romantique qu'elle croyait mais un effroyable ennemi.

Quelques heures plus tard, alors qu'elle volait vers Milan sans avoir soufflé mot de son départ à Vincenzo, elle ne pouvait s'empêcher d'espérer qu'elle vivait un mauvais rêve, que Vincenzo n'était pas l'homme qui avait décidé de détruire sa famille adoptive, qu'il n'était pas l'homme qui menaçait de déboulonner Leo de sa fonction de P-DG de Business Finances Inc., qu'il n'était pas l'homme qui n'avait eu de cesse de trouver les points faibles d'une des plus puissantes familles de Milan pour la frapper là où cela ferait le plus mal.

2.

Sur la rive du lac de Côme…

Vincenzo contempla la villa qui abritait les Brunetti depuis près de deux cents ans et les marches de marbre sur lesquelles sa mère avait supplié Greta Brunetti de croire que son petit garçon – lui, Vincenzo – était son petit-fils, le fils de Silvio Brunetti.

La chair et le sang de Greta.

Mais vingt ans plus tard, alors qu'il montait ces mêmes marches, ni peur ni honte ne le tenaillaient plus. Bientôt, tout ceci serait à lui.

Déterminé et sûr de lui, il passa sous le porche et entra dans le hall.

C'était évidemment sa délicieuse épouse, Alessandra, qui, en s'enfuyant de Bali pour se cacher ici, avait provoqué sa venue. Il avait dû modifier ses plans, mais peu importait.

Il se réjouissait à l'idée de les trouver tous là, la matriarche, Greta Brunetti, ses petits-fils Leonardo et Massimo Brunetti, leurs femmes Neha et Natalie, et, au milieu de tout ce beau monde, Alessandra.

Elle leva les yeux en le voyant entrer. Il ne cilla pas mais sentit son cœur s'emballer. Au lieu de la colère qui s'était levée en lui quand il s'était rendu compte de sa disparition, ce fut une grande inquiétude qui l'envahit.

Elle avait les yeux bouffis, rouges. Sa coiffure – un

chignon sommaire au sommet de la tête – faisait ressortir ses joues creuses. Un T-shirt sans manches, beaucoup trop grand pour elle, un short en jean et des tongs roses complétaient l'ensemble.

Sans maquillage et fagotée comme elle l' était, elle restait d'une beauté rare.

De ses yeux magnifiques, dans lesquels se lisaient incrédulité, tristesse et colère, elle le fixa. Sans un battement de cils. Qu'espérait-elle ? Lui trouver un semblant de dignité ? Une trace d'honneur ?

Elle pouvait toujours chercher, elle ne trouverait rien.

Il la balaya du regard, de haut en bas, et constata, non sans plaisir, qu'elle avait toujours son diamant au doigt.

— Alors, ma princesse, comme ça, on se volatilise ? Sans même un mot. Être mariés est nouveau pour nous deux ; nous allons devoir édicter quelques règles de bonne conduite, dit-il, narquois, sans prêter attention aux deux hommes plantés là comme des sentinelles qui veillaient sur elle.

Leonardo Brunetti, P-DG de Brunetti Finances Inc., la holding, synonyme de prestige pour les *happy few* milanais, était l'homme que Vincenzo allait détrôner pour prendre sa place. À ses côtés se tenait Massimo Brunetti, le brillant informaticien, l'arme toute puissante de Brunetti Cyber Services, une filiale de BFI Inc., l'homme qui avait ravi le cœur de Natalie, l'ancienne associée de Vincenzo.

Des hommes qui possédaient tout ce qui aurait dû lui revenir, à lui aussi.

Des hommes auxquels il était fermement décidé à tout reprendre.

— Tu crois vraiment être en droit d'imposer tes conditions après ce que tu as fait, Vincenzo ?

Si elle avait hurlé sur lui, il aurait été plus à son aise pour dominer la situation. Mais ce reproche murmuré d'une voix douce… C'était déconcertant, désarmant.

— Viens, *cara*. Tu pourras me poser toutes les questions que tu voudras, je te répondrai en privé.

— Tu as eu tout le temps que tu voulais pour me parler en privé. Pour m'expliquer ce que tu as fait à ma famille. Pour, au moins…

Très énervée, les larmes aux yeux, elle se mordillait les lèvres.

— Eh bien, parle ! Dis-nous… pourquoi.

— Pourquoi quoi ?

Zut, il n'aurait pas dû attendre si longtemps pour tout lui raconter.

— Pourquoi leur en veux-tu ? Que t'ont-ils fait ?

Déçue, frustrée, entre larmes et sanglots, elle ne parlait plus, elle suffoquait.

— Pourquoi as-tu manœuvré avec Natalie pour la faire entrer chez BCS où, finalement, elle est tombée amoureuse de Massimo ? Pourquoi t'es-tu servi du beau-père de Neha pour les espionner ? Pourquoi as-tu acheté un maximum d'actions de BFI ? Pour faire tomber Leo et prendre sa place à la tête du conseil d'administration ?

— C'est assez clair, non ?

Alessandra se leva et vint vers lui.

Saisi par l'odeur de son parfum, il cligna des yeux, revoyant malgré lui les étreintes qu'ils avaient partagées, les nuits torrides dont ils se réveillaient jambes emmêlées, corps fourbus par le plaisir qu'ils s'étaient donné. Il revit le sourire émerveillé qu'elle avait alors, la manière dont il rayonnait sur son visage et lui faisait oublier la solitude qu'il avait organisée autour de lui comme une araignée tisse sa toile.

Il nota la petite veine bleue qui battait trop vite à la base de son cou et releva les yeux pour affronter son regard. La détresse et le mépris l'atteignirent comme une gifle en plein visage.

Où étaient les yeux qui l'avaient admiré ? Ces yeux débordants de tendresse et de désir ?

— Tu penses que je plaisante ?

Il mit les mains dans ses poches pour ne pas être tenté de la toucher.

— Détrompe-toi, Alessandra. Je ne plaisante pas. Maintenant, si tu ne comprends pas, je vais t'expliquer. J'ai passé le plus clair de ma vie à préparer cet instant. À manœuvrer gens, contrats, argent, comme des pions pour arriver à ça. J'ai l'intention de m'instituer P-DG de BFI Inc. J'ai l'intention d'acquérir la société. J'ai l'intention d'en éjecter tout ce qu'elle compte de Brunetti jusqu'à ce qu'elle m'appartienne. En totalité.

Elle ne put contenir sa rage, ni retenir ses larmes.

— Pourquoi ? Nom d'un chien, pourquoi ?

— Parce que je vais reprendre ce qui m'appartient… et qui m'est refusé depuis trop longtemps.

Incapable de s'en empêcher, il écrasa la larme qui roulait sur la joue d'Alessandra, se délectant de la douceur de sa peau sous son doigt.

Bon sang ! Il n'avait pas voulu lui faire de mal. Il allait le lui dire… quand elle relèverait les yeux. Mais elle ne le regarda pas.

— Je me suis juré d'y arriver, dit-il.

Elle desserra les lèvres, inspira doucement. La main sur le cou, elle leva les yeux. Comme en un flash, il comprit qu'elle était comme lui, envoûtée par le souvenir de la magie qu'ils avaient créée ensemble. Par le souvenir de ce qui s'était passé entre eux, cette fusion indescriptible, déraisonnable, qui l'avait poussé à faire ce qu'il pensait ne jamais faire, se marier.

Et il était là, en train de s'expliquer, après ce qu'elle lui avait fait, après s'être sauvée sans même lui laisser un mot.

— Alessandra ? fit Greta, rompant le charme.

— Tu estimes que BFI devrait être à toi ? demanda Alessandra, ignorant Greta.

— Oui. Puisque c'est Silvio Brunetti qui a séduit ma mère avec force mensonges, qui lui a fait un enfant et l'a ensuite mise dehors comme on jette un torchon sale. Ma mère a été qualifiée de putain, elle et moi avons été traités de mendiants et de menteurs et livrés à la rue par celle que tu considères comme ta belle-mère. J'ai été privé de tout dans mon enfance et ma jeunesse, et j'ai décidé qu'aujourd'hui je ne me contenterais pas de la portion congrue. Je veux voir jusqu'au dernier des Brunetti, tête baissée de honte, franchir la porte de cette maison pour ne plus jamais y remettre les pieds. Je vais tout leur prendre.

— Mais…

Elle vacilla. Il se précipita pour la soutenir mais elle le repoussa vivement.

— Non, Greta n'a pas pu faire ça. Elle m'a accueillie les bras ouverts quand je suis venue vivre ici avec mon père, son second mari. Je ne la considère pas comme une belle-mère. Elle m'a toujours aimée, peut-être même plus que…

Elle se tourna vers Greta dont le regard fuyant confirmait la culpabilité ; elle courbait le dos comme pour affronter une violente bourrasque. Sans doute n'avait-elle jamais repensé à *ces deux-là* alors que lui avait fait de cette injustice le combat d'une vie.

Les ignobles accusations. Les privilèges prétendument dus à leur rang. Le manque total d'empathie… Ah ! ils ne l'emporteraient pas en paradis !

L'air dans la pièce devint étouffant. Irrespirable. Tous s'étaient tournés vers Greta et la fixaient, partagés entre incrédulité et accusation. Tous sauf Alessandra qui, malgré l'air coupable de la vieille dame, refusait toujours de le croire. Elle le regardait comme si c'était elle qui avait reçu le coup, réaction à laquelle il ne s'attendait pas mais qu'il aurait dû anticiper.

Même les frères Brunetti semblaient horrifiés. Leurs regards passaient comme des métronomes de leur grand-mère à Vincenzo. En d'autres circonstances, cela l'aurait sûrement fait rire.

Massimo lança une bordée de jurons tandis que son frère Leo, sidéré, restait figé dans un silence sinistre.

— On peut faire un test ADN pour vous prouver la légitimité de ce à quoi je prétends, dit Vincenzo d'un ton détaché. Mais je garderai le nom de ma mère. Il y aurait une certaine justice à faire précéder le prestigieux sigle BFI de son nom, n'est-ce pas ?

— Nous vous prenons au mot, Cavalli, bien que vous ne soyez qu'un bâtard jaloux et rancunier, dit Massimo.

— Voilà qui est généreux de votre part. Votre père et votre grand-mère n'ont pas eu ce scrupule vis-à-vis de ma mère, répondit-il, repensant au regard vide de sa mère qui lui laisserait toujours un goût amer.

— Et moi, Vincenzo ? demanda Alessandra. J'aimerais savoir où je me situe dans cette affaire.

Sa gorge se serra. Il sentit un froid glacial remonter dans son dos. Pour l'heure, il n'avait pas de réponse. Aucune en tout cas qui n'étouffe pas l'espoir qui brillait dans ses yeux. Aucune qu'il veuille lui donner devant eux.

Elle opina comme s'il lui avait répondu clairement. Et, comme si son silence le condamnait définitivement, elle s'enfuit.

Alessandra ravala les larmes qui menaçaient et but un grand verre d'eau. Mince ! Elle avait déjà beaucoup trop pleuré sur Vincenzo ces derniers temps.

Elle regarda par les grandes baies vitrées les pelouses, lisses comme du velours, qui entouraient la maison. Leo avait fait restaurer la serre et le chai, qui servait désormais de repaire informatique à Massimo.

La fierté et le sens de l'histoire de ce lieu coulaient dans leurs veines. Ils l'avaient dans le sang. C'était leur héritage. Leur place en ce monde.

Vincenzo, lui, avait été cruellement exclu de cet endroit, il avait été privé de la sérénité d'appartenir à une famille… et de sa part d'héritage. Elle n'avait jamais oublié ce qu'elle avait ressenti – un mélange d'anormalité et d'impuissance – en découvrant, adolescente, que Steve, le mari de sa mère, l'homme qu'elle croyait être son père, ne l'était pas. Elle avait eu l'impression de n'être de nulle part et éprouvé un besoin quasiment viscéral de faire partie de *quelque chose*. Cela avait été flou dans sa tête, pourtant cela avait existé.

Elle imaginait donc facilement la souffrance d'un petit garçon rejeté, sans trop comprendre pourquoi, par sa propre famille. Et comprenait que la blessure n'ait jamais cicatrisé. De là, après tant d'années, à vouloir détruire Leonardo et Massimo… Elle ne l'admettait pas. Elle ne pouvait pas.

— Il faut que tu cesses de me fuir, *cara mia*.

Sa voix de basse portée par une légère brise l'atteint comme une portée de notes sur un clavier. Elle frissonna mais resta le dos tourné. Par lâcheté ? Non, parce qu'elle connaissait ses faiblesses et devait s'armer, contre elle-même, avant de lui faire face.

Il était tout de même temps qu'elle se décide. Elle devait regarder dans les yeux cet homme qui l'avait bouleversée au point de perdre tout bon sens et de se précipiter à l'autel pour l'épouser, sans réfléchir.

— Tu ne m'as pas laissé le choix, répondit-elle.

Même après avoir appris la vérité, même pendant le long vol depuis Bali, même pendant les deux jours jusqu'à ce qu'il surgisse, une petite part d'elle-même espérait que tout le monde se trompait. Que l'homme dont elle était tombée follement amoureuse et qu'elle avait épousé en secret n'était pas cet homme obsédé, guidé par un seul objectif, mettre à genoux tous ces gens qu'elle aimait.

— Si j'étais restée à Bali, tu aurais eu le match de boxe que tu réclamais et je t'aurais mis en miettes, si j'en juge par mon état d'esprit actuel.

L'éclat de rire de Vincenzo décupla sa colère et elle se raidit mais ne put s'empêcher de frissonner tant le son de sa voix la touchait. Comme son parfum et la chaleur de son corps quand il s'allongeait sur elle pour la prendre.

Entre eux, l'entente charnelle avait été immédiate. Elle les avait embrasés et semblait ne pas vouloir s'éteindre, même pas maintenant, alors que son cœur brisé cognait dans sa poitrine, meurtri par le chagrin de la trahison, et que son esprit se rebellait.

— Peut-être que je l'aurais mérité ?

— Tu crois que c'est aussi simple ?

Elle se retourna et lui fit face.

— Tu crois qu'il suffit que je te hurle dessus ou que je cogne ta méchante gueule d'amour pour que nous soyons quittes ?

Leurs regards se soudèrent. Le sang-froid qu'elle admirait chez lui, qui la fascinait même, figeait son visage. Il ressemblait à un chat sauvage, muscles bandés, violence contenue, prêt à bondir sur l'ennemi, à passer à l'attaque.

Sa chemise blanche ouverte laissait voir, dans le V bronzé de son torse, les boucles noires d'un duvet soyeux. Les cernes sous ses yeux disaient sa fatigue. Il était, comme elle, un bourreau de travail.

Il était un peu chiffonné, quoi de plus normal après le vol et les trente-six heures de travail qui avaient suivi son départ. Le gris de ses yeux se durcit, s'approfondit, trahissant le fond de sa pensée… le fond de son cœur.

Elle le fixa sans pouvoir détacher les yeux de son regard fiévreux. Étaient-ils dans le même état d'esprit ? Son corps brûlait-il du même désir que le sien, de l'envie d'autres nuits torrides et de matins paresseux ?

Elle battit des cils. C'était fou mais elle voulait encore tout de l'homme qui lui avait promis qu'elle ne serait plus jamais seule… et qu'elle avait quitté à cause de ses mensonges.

Elle s'éclaircit la gorge.

— Natalie a passé des heures, au risque de s'attirer davantage encore les foudres de Greta, de Leo et même de Massimo, à essayer de me convaincre que tu n'es pas le monstre que tes actes laissent à penser. Elle prétend que fut un temps tu étais le seul à la protéger dans ce monde cruel. Qu'elle te doit beaucoup. À une époque où elle ne pouvait rien faire pour te remercier, tu as été son héros.

Son regard se troubla mais il garda une attitude raide comme la justice.

— Elle ne t'a pas dit que j'ai finalement exigé quelque chose en retour ?

— Pourquoi dis-tu ça ? Tu es surpris qu'elle soit encore de ton côté ? Arrête de te faire passer pour plus méchant que tu n'es !

— Je ne sais pas si je suis méchant, ma princesse, mais je ne suis certainement pas un héros, dit-il en s'avançant dans la pièce d'un pas de propriétaire satisfait.

Greta s'était donné beaucoup de mal pour accueillir Alessandra, alors adolescente, et lui faire un nid douillet chez elle. Chaque recoin de cette pièce magnifique avait représenté un havre pour la petite fille au cœur brisé à plusieurs reprises par sa mère.

— Je croyais que Massimo jouissait de la loyauté inconditionnelle de Natalie, dit-il d'une voix si douce qu'elle l'entendit à peine.

— Je suis sûre qu'ils aimeraient que ce soit aussi simple. Ce que l'on ressent pour une personne n'annule pas forcément ce que l'on ressent pour une autre, tu n'es pas d'accord ?

Il hocha la tête.

— Je dois dire que je n'ai pas beaucoup d'expérience en matière de sentiments, de famille, et du cortège de drames qui va avec. Donc, non, je ne sais pas. Mais si, par fidélité envers moi – et abusivement —, Natalie m'a peint à tes yeux sous un jour flatteur, alors je la remercierai. Mais ne m'attribue pas des qualités que je n'ai pas. Je te l'ai dit, je ne suis pas un héros ; je ne suis que l'homme que tu as épousé récemment.

Trouvant ses propos insupportables, elle chassa l'air devant elle d'un geste de mépris.

— Tu t'attends peut-être à ce que je mette sous le tapis tout ce que tu leur as fait et que je continue avec toi comme si rien ne s'était passé ?

— Et si je te disais que je leur ai fait tout ça…

D'un geste du bras, il engloba l'espace autour d'eux.

— … par simple détermination de l'homme d'affaires intraitable que je suis à régner sur le monde de la finance de Milan, dont BFI est l'un des fleurons ?

Aveuglé par le soleil de l'après-midi, il porta la main en visière à son front. Alors elle nota des ressemblances qui ne l'avaient pas frappée auparavant. Le sourire de Massimo, la même moue de mépris que Leo quand quelque chose lui déplaisait… Autant de détails qui confirmaient que les Brunetti et lui ne faisaient qu'une seule et même famille, que sa place était ici, dans cette maison qu'il disait sienne. Qu'il était ici chez lui au même titre que ses frères.

C'était dérangeant. Trop d'émotions pour elle. Trop de doute et de confusion.

— Comme si les choses pouvaient être aussi simples ! Le seul fait que tu le croies prouve que nous ne sommes pas sur la même longueur d'onde.

— OK. Si on les oubliait un peu… ces gens-là.

— C'est toi qui m'as entraînée sur ce terrain-là.

— Tu veux bien qu'on laisse notre mariage en dehors de tout ça ?

— C'est là que nos chemins se séparent, Vincenzo. Voilà ce qui arrive quand on joue avec la vie des autres comme aux échecs. Tu ne peux pas exiger ma fidélité quand, dans le même temps, tu cherches à détruire ceux que j'aime.

Elle expira.

— Nous deux, ce n'est plus possible. Je ne vois pas comment nous pouvons poursuivre la route ensemble… Parce que tu m'as menti.

— Faux. Je ne t'ai jamais menti.

— OK, si tu veux couper les cheveux en quatre, disons que tu m'as menti par omission. En ne me disant pas la vérité. Ce que j'essaie de comprendre, c'est ce que tu as pu ressentir, petit garçon, pour choisir ainsi la voie de la vengeance. J'essaie d'imaginer combien l'indifférence de Greta t'a blessé…

— Traiter ma mère de putain et de chercheuse d'or, tu appelles ça de l'indifférence ! dit-il, haussant la voix. Grâce à elle j'ai connu la misère, la vraie misère. Ma mère a fait une dépression nerveuse dont elle ne s'est jamais remise. Comme nous n'avions plus de ressources, nous nous sommes retrouvés à la rue. Elle a fini par perdre complètement la tête.

Bouleversée mais résolue à ne pas prendre parti, Alessandra plaqua la main sur sa poitrine et hésita.

— Mais… ça… ce n'est pas la faute de Greta.

— Ah non ? Si ma mère n'a pas été soignée assez tôt, si elle a fait une dépression nerveuse et n'a pas eu accès au minimum d'aide sociale, ce n'est pas leur faute ? Qu'elle vive maintenant dans une maison médicalisée et nécessite des soins vingt-quatre heures sur vingt-quatre, ce n'est pas non plus leur faute, peut-être ?

Elle avait l'impression d'être face à un fauve blessé, prêt à bondir.

— Si sa maladie s'est développée aussi vite et que l'état de ma mère s'est dégradé encore plus vite, au point de ne même plus me reconnaître, c'est aussi leur faute.

— Elle ne te reconnaît plus ? murmura Alessandra, bouleversée par sa souffrance.

Comment combler le fossé creusé par le chagrin et la colère qu'il retenait depuis trop longtemps ? Comment espérer le détourner de sa soif de destruction quand il s'entêtait à voir Leo et Massimo comme ses ennemis ? Sa haine plongeait profondément ses racines dans son enfance massacrée.

En restant avec lui, sachant ce qu'il projetait contre des gens qu'elle adorait, quelle image donnerait-elle d'elle ?

Il hocha la tête.

— Elle croit que j'ai encore dix ans. Elle est restée… bloquée à cette époque.

— Pourquoi ne m'as-tu rien dit ?

— Pour que tu ne t'apitoies pas sur moi. Comme tu le fais en ce moment. Je ne veux pas de ta pitié.

— Qu'attends-tu de moi, alors ?

Soucieux d'entretenir sa réputation d'homme intraitable quelle que soit la circonstance, il ravala son émotion sous le regard mi-fasciné, mi-furieux d'Alessandra.

— Que tu honores les vœux que tu as prononcés. L'avenir que nous nous sommes promis. Voilà ce que je veux.

— Je n'arrive toujours pas à croire que Greta ait pu faire une chose pareille.

— Parce que tu es écrasée sous le poids de ta dette envers eux. Tu les vois sous un certain jour mais ce n'est pas leur vrai visage. Ils sont bourrés de privilèges. Ils ont le pouvoir dans le sang.

— Et ce serait des raisons pour ne pas les aimer ? Quand j'ai découvert que Carlos était mon père biologique et que je suis allée vivre avec lui, Greta était déjà sa femme, elle ne savait même pas que j'existais. Cela ne l'a pas empêchée de m'ouvrir les bras et sa maison en grand, comme si j'étais chez moi. Et quand il est mort, elle est restée le pilier de ma vie. Leo et Massimo aussi m'ont acceptée, ils m'ont traitée comme si j'étais un membre à part entière de la famille. Personne n'a jamais fait de différence entre nous. Tu n'imagines pas, Vincenzo, ce que ça représente pour moi.

— Alors comment oses-tu prétendre que tu comprends mon hostilité envers eux ?

La rage qu'elle lut dans ses yeux l'arrêta net. Ses colères étaient rares et n'avaient jamais été dirigées contre elle. Sa remarque méritait tout de même une réponse.

Elle prit une profonde inspiration et, de peur d'aggraver sa fureur, choisit soigneusement ses mots.

— Tu as raison. C'est trop facile de dire que je te comprends. Mais toi… sais-tu ce qu'a été la vie de Leo et de Massimo avec Silvio ? Qu'ont-ils fait de mal ? Ils ne méritent pas que tu les détestes. Ton vrai ennemi, c'est Silvio Brunetti. Pas eux. Mais il est mort.

Buté, agressif, il haussa les épaules.

— Ils portent le nom que j'ai haï toute ma vie. De toute façon, il n'y a pas de guerre sans victimes, *cara*. C'est inévitable.

Après la gifle morale qu'elle venait de recevoir, elle hésita.

— Parce que pour toi, ça, c'est une *guerre* ? insista-t-elle.

— Oui. Une guerre que j'ai décidé de mener depuis longtemps. J'ai guetté les failles, les points faibles, là où ça faisait mal, pendant des années. Je les ai attaqués chaque fois que j'ai pu. Ce n'est pas maintenant que je vais…

— Attends…, dit-elle, glacée d'effroi par le flash qui lui traversait la tête.

Les morceaux du puzzle venaient de se mettre en place et l'évidence s'imposait, éclatante, une évidence qui lui avait, jusque-là, échappé… Une affreuse certitude qui lui donnait pour la deuxième fois envie de fuir.

Alessandra Giovanni, super-top model. Icône de la mode et du style. Femme d'affaires. Philanthrope. Fille adoptive de la célèbre famille Brunetti.

Elle se souvenait parfaitement de ce gros titre. Elle l'avait lu dans les pages people d'un magazine, quelques jours avant son départ pour son shooting à Bali.

Bali où un homme d'affaires italien, beau gosse mystérieux aux superbes yeux gris, l'avait surprise.

Elle se rappelait aussi leur rencontre, au hasard d'un circuit touristique dans les ruines d'un vieux temple…

De leur amour partagé pour les vieilles pierres…

Des trois heures où il avait attendu, le lendemain, la fin de sa séance photo comme s'il n'existait pas d'autres endroits sur terre où il pouvait être, avec ses yeux fascinants qui la dévoraient toute crue.

De la promesse qu'il lui avait faite de lui faire découvrir des endroits que les touristes lambda ne voyaient jamais…

De leur premier baiser devant une impressionnante chute d'eau.

De ses questions sur ses actions caritatives, sur l'entreprise qu'elle projetait de créer, sur tout ce qui la touchait, sur tout ce qu'elle aimait…

De la façon dont il l'avait quittée, la laissant pantelante de désir après cette première nuit sur la terrasse de sa villa…

De sa demande en mariage, digne d'un conte de fées, et des vœux qu'il avait prononcés de cette voix de basse tellement sensuelle lors de la cérémonie…

Tout cela avait-il existé ?

Prise d'une horrible envie de vomir, elle plaqua la main sur sa bouche.

— Tu es venu me chercher à Bali avec une idée précise en tête ? Pour m'utiliser et gagner ta *guerre* ?

Il ne cilla pas mais elle le connaissait et savait déchiffrer le moindre frémissement dans ses joues, sur ses lèvres.

— Réponds-moi, Vincenzo, dit-elle, déchirée entre un chagrin indescriptible et la fureur.

— Oui, Alessandra. Oui.

— Parce que tu avais lu dans le journal les déclarations de Greta, « Alessandra est la personne que j'aime le plus au monde », c'est ça ?

Le silence. Encore. Assourdissant de sens. D'aveu.

Malgré les efforts qu'elle faisait, elle fondit en larmes, elles coulaient sur ses joues et lui brouillaient la vue.

J'ai guetté les failles, les points faibles, là où ça faisait mal, pendant des années. Je les ai attaqués chaque fois que j'ai pu.

Comme si cela ne lui suffisait pas de s'en prendre à BFI et à BCS, d'avoir fait main basse sur les actions de Silvio Brunetti dans BFI, il avait fallu qu'il les frappe là où il savait qu'il les atteindrait, surtout Greta.

Il avait tout prémédité. Planifié. Parfaitement exécuté.

Et elle était tombée dans son piège.

Elle se tourna vers lui et, s'essuyant les joues d'un revers de main, en proie à une rage incontrôlable comme elle n'en avait jamais eu, s'écria :

— Comment vois-tu la suite ? Qu'attends-tu de moi maintenant que tu as brisé la vie de ces gens que j'aime tant ?

— Que tu fasses ce que tu aurais fait si tu n'avais rien su. Que tu donnes une chance à notre mariage. Que tu passes le reste de ta vie avec moi. Que tu tiennes parole et respectes les vœux que tu as prononcés.

— Notre mariage ? Tu veux dire… cette farce !

— Non. Je t'ai épousée, Alessandra. J'ai promis de passer le reste de ma vie avec toi. Je ne l'ai pas fait à la légère.

Elle le regarda, scruta son visage, le fouilla dans l'espoir de découvrir quelque chose à quoi se raccrocher. Mais il ne cillait pas.

— Pourquoi ? Pourquoi m'avoir épousée ? Tu pouvais me draguer et t'en aller. C'était facile. Je t'ai supplié de me prendre dans ton lit. Je t'ai poursuivi toute la semaine qui a suivi notre rencontre. Je… Tu pouvais t'en aller après avoir couché avec moi. Tu pouvais me laisser tomber, me dire que tu voulais juste jouer.

— Je ne traite pas les femmes comme des jouets. Je laisse ça aux Brunetti.

— Alors, pourquoi ?

— Tu es belle, tu es intelligente, un trésor dont tous les hommes rêvent. Pour quelqu'un qui a grandi sans un sou, qui sera toujours un bâtard, qui a bâti son empire en piétinant tous ceux qui se trouvaient sur sa route, tu es un trophée, Alessandra. Ma récompense.

Il reprit son souffle.

— Je t'ai épousée parce que, pour la première fois de ma vie, j'ai vu quelque chose d'autre que la vengeance. Une chose qui n'était pas ce feu qui me consume de l'intérieur depuis vingt ans. Je t'ai épousée parce que – excuse la comparaison – pour moi tu étais la cerise sur le gâteau. Car la perspective de t'enlever à cette vieille femme me faisait jouir de plaisir. Je jubilais.

Alessandra hocha la tête, le cœur à l'envers.

— Ça me laisse sans voix. Que répondre à un homme qui pense qu'il peut m'enlever à la femme qui m'a ouvert sa maison, qui pense que j'accepterais de le voir détruire ma famille. Qui m'avoue que m'avoir dans sa vie le fait accéder à un monde où il n'a jamais eu sa place. Je ne…

Ah non, on n'allait pas encore se servir d'elle. Elle refusait d'être au centre d'un combat entre des personnes qu'elle aimait. Elle avait déjà donné et en gardait les cicatrices.

Elle ne serait ni le maillon faible ni une arme.

— Je ne suis pas un trophée, un gros lot qu'on s'arrache. Je ne suis pas une arme à utiliser contre qui que ce soit.

Froide comme un serpent malgré son envie de hurler, elle n'éleva pas la voix, au contraire.

— Je te demande de t'en aller. Quitte cette maison. Je ne veux pas discuter de ça pour l'instant… S'il te plaît, Vincenzo, va-t'en.

Il resta là, immobile, impassible, comme un énorme rocher inamovible.

Les secondes s'écoulèrent, une éternité, et il hocha la tête.

La gorge sèche, le cœur en miettes, elle alla vers la fenêtre et l'entendit partir.

Évidemment, il ne l'avait pas épousée pour elle.

Elle n'était pas une princesse et elle ne vivait pas un conte de fées. Il n'y avait rien de magique dans son aventure.

— Elle est partie.

— Comment cela, « elle est partie » ? hurla Vincenzo à la figure de Massimo Brunetti.

Les mains au fond des poches, il regarda les deux frères qui se reposaient dans des chaises longues sur la terrasse. Il faisait un peu frais pour un après-midi de juin et il était en colère.

Alessandra ne lui avait plus donné signe de vie depuis cinq jours, ce qui l'avait décidé à venir interroger les occupants du domaine, mais sa patience était à bout. La semaine passée avait été la pire de sa vie tant sur le plan professionnel que personnel.

Pour commencer, une grosse crise dans le service finances de sa société puis le départ inopiné d'Alessandra pour Milan, sans un mot pour le prévenir, ensuite son propre vol Bali-Milan pour la retrouver, leur confrontation qui avait mal tourné *grâce* aux Brunetti – merci, messieurs – qui l'avaient montée contre lui en avançant des raisons machiavéliques. Enfin, pour corser le tout, un appel urgent des soignants qui s'occupaient de sa mère vingt-quatre heures sur vingt-quatre et lui demandaient de revenir immédiatement chez lui, en Toscane.

Il avait donc dû laisser Alessandra seule avec ses doutes et, surtout, avec les Brunetti qui ne s'étaient pas privés de déverser leur poison dans ses oreilles. Pour ça, oui ! Elle avait dû en entendre, des mensonges !

Mais il n'avait pas le choix, il était allé en Toscane. Rien ne l'aurait empêché de voler au chevet de sa mère.

— Vous n'aviez qu'à ne pas la laisser, déclara Leo d'un ton doux, presque aimable.

Vincenzo se cabra et Leo continua.

— En tout cas, pas aussitôt après lui avoir montré votre vrai visage. Vous auriez mieux fait de la laisser passer sa rage sur vous. Cela lui aurait évité de ressasser votre trahison.

— Je ne l'ai pas trahie.

— Vos mensonges, si vous préférez.

— Je ne lui ai pas menti.

Il bouillait, sa patience avait atteint ses limites. Il n'avait pas trahi Alessandra. Il avait seulement passé sous silence une partie de la vérité avec l'intention de tout lui dire, mais plus tard, comptant sur son sens de la justice. C'était mal mesurer son attachement à ces personnes bourrées de privilèges et honteusement gâtées, les Brunetti.

— J'avais des obligations. Maintenant, soyez aimables de me dire où elle est.

— Nous n'en savons rien, dit Massimo. Après votre départ elle s'est enfermée dans sa chambre ; quand Natalie a voulu la voir, le lendemain matin, elle n'était plus là.

— Vous voulez me faire croire qu'elle s'est enfuie sans que vous l'aidiez ? Je pense que vous avez été trop heureux de lui rendre ce service ! Ce petit jeu est d'une gaminerie… !

— Vous avez raison, dit Leo.

Il n'y avait aucune animosité dans sa voix.

— Nous voudrions bien vous aider mais vous frappez à la mauvaise porte. Vous semblez oublier qu'Alessandra a des relations en haut lieu, dans le monde entier. Elle ne manquera pas de gens prêts à l'aider à se sortir d'une situation intenable. Elle se doutait que vous voudriez savoir où elle est, elle ne nous a donc rien dit… pour nous protéger.

— Elle s'est battue comme une lionne avec moi, parce qu'elle estimait devoir vous protéger, et vous ne l'avez pas aidée ? J'ai du mal à vous croire.

— Vous n'écoutez pas, Cavalli. Je vous dis que ça fait un moment qu'elle est partie, qu'on ne sait pas où elle est allée, ni même si elle reviendra. Désolé qu'elle vous ait planté !

Vincenzo crut sentir le sol se dérober sous lui.

Sans se féliciter ouvertement qu'elle ait *planté* Vincenzo, les deux frères ne semblaient pas mécontents de sa mésaventure, mais ils étaient inquiets pour elle.

— Elle ne peut pas s'être volatilisée. Elle a des obligations, une carrière en jeu.

— Une carrière qui s'effilochait. Si vous la connaissiez un peu, vous sauriez qu'elle honorait les contrats qu'elle avait signés mais n'en contractait pas de nouveaux, dit Massimo. Je ne sais pas ce que vous avez pu lui faire pour qu'elle s'interroge de cette façon sur son avenir, sur son métier, sa vie.

— Que veux-tu dire ? demanda Leo à son frère.

Justement la question que Vincenzo voulait poser.

— Elle a rompu avec son petit ami, Javier Diaz, le photographe, il y a quelques mois. Elle est lassée des podiums et du mannequinat. Je me suis demandé pourquoi elle épouserait un inconnu après…

— Inconnu ? Alessandra et moi nous sommes connus quelques semaines, dit Vincenzo.

Il perdait pied, ne savait plus s'il avait raison de croire encore en elle.

Les vœux qu'elle avait prononcés en se mariant avaient-ils eu une quelconque valeur à ses yeux ? Pourquoi se cachait-elle de lui ? Elle aurait pu se battre, lui demander de s'expliquer. Lui laisser l'occasion de la convaincre que ses mobiles étaient fondés. Non, lâchement elle s'était sauvée.

— Il n'empêche, vous restez un inconnu. Mais je crois comprendre. En fait, elle vous a épousé par dépit. Pour oublier Javier. Vous avez été une échappatoire. Un égarement passager.

L'envie de mettre le poing dans la figure de ce petit génie s'empara de Vincenzo qui réussit à se retenir.

— Attention à ce que vous dites, Massimo.

— Allez-vous-en, Cavalli.

Le plus jeune frère se leva.

— On dirait que vous n'avez pas encore compris, Alessandra est partie. C'est ce qu'elle fait quand elle souffre trop.

Vincenzo resta sans voix. Ce n'était pas l'Alessandra qu'il connaissait. Elle avait beau sembler fragile, elle avait de la ressource. C'était en tout cas ainsi qu'elle lui était apparue avec son sourire éclatant, les petits secrets qu'elle lui avait livrés peu à peu, son charme tellement irrésistible qu'elle l'avait, en quelques semaines, sorti de vingt ans de solitude volontaire.

Mais, finalement, que savait-il vraiment d'elle, mis à part le rapport que le détective privé lui avait remis et le portrait que les médias faisaient d'elle ?

— Je suis supposé croire que cette femme compliquée… est la femme que j'ai épousée ?

— Peu importe que vous nous croyiez ou pas. Nous, nous la connaissons depuis longtemps, se vanta Massimo.

Vous avez trahi sa confiance. Apprendre, en plus, comment Greta vous a traité lui a donné le sentiment d'avoir été trahie deux fois. Maintenant que je devine les méandres de votre pensée, je suis quasiment certain qu'avec votre esprit retors vous aviez l'intention de vous servir d'elle contre nous. Et je crois qu'elle l'a compris. Mais Alessandra connaît ses points faibles, fit-il d'un ton assez mystérieux.

Cette fois, c'en était assez.

— Si c'est sa façon de me dire de choisir entre elle et mon projet…

Vincenzo n'en dit pas plus.

— Si elle avait pensé qu'elle parviendrait à vous convaincre de renoncer à cette vengeance complètement folle…

Le regard noir de Leonardo lança des éclairs de colère.

— … elle ne serait pas partie en pleine nuit sans nous prévenir. Ce qui veut bien dire que vous n'avez rien fait pour la rassurer. Rien qui lui prouve qu'elle n'était pas un simple pion dans votre jeu.

— Ce que je projetais contre les Brunetti n'a rien à voir avec elle.

— C'est que vous ne comprenez pas ce que le mot « famille » veut dire pour elle. Ce que la notion de « famille » veut dire, tout simplement.

Vincenzo détourna le regard, refusant de voir le semblant de sympathie dans les yeux de Leonardo.

— Elle est partie, Cavalli. C'est comme ça. Et je ne pense pas qu'elle revienne de sitôt.

Vincenzo serra les dents, déçu, frustré, sentant l'avenir qu'il commençait à imaginer avec elle lui filer entre les doigts.

Le mot engagement signifiait donc si peu pour elle qu'elle s'évanouissait à la première difficulté ? Qu'elle reniait les vœux prononcés le jour de son mariage ?

Massimo le regarda avec pitié.

— Je vous parie qu'elle est retournée se jeter dans les bras de Javier. Je ne vois pas qui le lui reprocherait quand son prince s'est révélé un crapaud. Quant à la retrouver, elle réapparaîtra quand elle l'aura décidé.

3.

Neuf semaines plus tard

Alessandra attendait l'ascenseur. Après un long vol au départ de San Francisco, elle avait atterri à Milan et directement rejoint la tour BFI, dans le quartier des affaires.

Elle ne s'était pas changée depuis quarante-huit heures et avait conscience de son apparence négligée. Ses yeux la piquaient, elle était fatiguée. Personne, ni d'un côté ni de l'autre de l'Atlantique, ne l'avait reconnue. Avant de quitter les États-Unis, elle avait consulté les avocats de la famille puis trouvé assez de force en elle pour affréter un jet privé et rentrer en Italie.

Pour l'heure, debout devant la batterie d'ascenseurs dont les portes métalliques lui renvoyaient l'image d'une femme très, très fatiguée, elle repensait aux événements des jours précédents. Elle avait du mal à tenir en place car, dès qu'elle n'était plus dans l'action, son cœur, brisé, révolté contre l'évidence, la torturait. C'était pathétique.

Elle allait devoir affronter la réalité : sa mère était morte et, la dernière fois qu'elles s'étaient vues, elle lui avait dit des choses atroces. Alessandra allait devoir ravaler ses griefs envers cette mère qui lui avait prouvé sa nette préférence pour son demi-frère, le jeune Charlie.

Elle allait devoir affronter le fait que son besoin désespéré d'être aimée l'avait précipitée dans une union désastreuse avec un homme qu'elle ne connaissait pas vraiment, un homme à qui elle avait donné son cœur alors qu'il ne savait même pas ce que cela voulait dire.

Elle revit Charlie, avec sa bouille de petit bonhomme, essayant de paraître grand et fort devant elle quand elle était venue lui dire au revoir. Leur mère était ce qu'elle était, mais Charlie était son demi-frère et Alessandra l'avait adoré dès l'instant où elle l'avait vu, nouveau-né, pour la première fois. Cela remontait à sept ans auparavant.

Elle avait toujours eu une relation difficile avec sa mère, mais l'angoisse ressentie pendant des années, l'amertume qui l'avait rongée après la naissance de Charlie, tout cela était à mettre de côté aujourd'hui. L'heure n'était ni à la culpabilité, ni au chagrin, ni aux regrets.

C'était le temps de l'action. Le moment de s'assurer que Charlie, désormais privé de mère, n'allait pas se retrouver au milieu du chaos provoqué par des adultes inconséquents, comme elle-même l'avait été, enfant.

Il fallait qu'elle arrête de courir. Elle devait être forte pour aider cet enfant innocent et affronter, maintenant, l'homme qu'elle s'était pourtant juré de ne jamais revoir.

Pendant les neuf semaines où elle s'était cachée, toutes sortes de spéculations avaient ébranlé le monde des finances. Qui était Vincenzo Cavalli, le mystérieux milliardaire qui avait fondé Cavalli Enterprises, ce requin de la finance, cette pieuvre qui déployait ses tentacules dans tous les secteurs d'activité ? Qui était ce diable qui se démenait pour déboulonner Leonardo Brunetti de son poste de P-DG de BFI, sans que l'on comprenne pourquoi ? Qui était cette espèce de génie mathématique qui avait fait son premier milliard à la Bourse ? Qui était cette créature sans pitié qui écrasait quiconque se trouvait en travers de son chemin ?

Alessandra ignorait tout de cela quand elle avait accepté sa surprenante demande en mariage.

Elle n'arrivait toujours pas à faire coïncider l'homme tendre, drôle et charmant, qu'elle avait connu à Bali, avec l'homme qui déversait sans l'ombre d'une mauvaise conscience une haine implacable sur les Brunetti. Ils ne *matchaient* pas.

Et elle allait devoir quémander son aide, après l'avoir fui pendant plus de deux mois.

Non, elle n'allait pas mendier. Elle allait *exiger* qu'il fasse cela pour elle. Elle ne pouvait pas se mettre en position de faiblesse face à un homme qui ne comprenait rien au mot « famille ».

— Madame Cavalli ?

— Ne m'appelez pas comme ça, dit Alessandra d'une voix sourde.

— Ah, pardon. Vous n'avez pas l'air... en forme, répondit l'hôtesse d'accueil penchée sur l'énorme banque de marbre blanc destinée à impressionner quiconque aurait imaginé approcher facilement le tout-puissant Vincenzo Cavalli.

Alessandra se redressa et toisa l'hôtesse.

— Eh bien, c'est pourtant moi.

— Dois-je appeler un des deux messieurs Brunetti pour vous ? Ils sont tous les deux dans nos bureaux, dit une autre personne qui s'était avancée.

— Non, merci.

Aussi puissants qu'ils soient, Leo et Massimo ne pouvaient rien pour elle en la circonstance.

— On m'a dit, en bas, que M. Cavalli occupait tout cet étage. C'est bien cela ?

— Oui.

— Parfait, ne m'annoncez pas, ce n'est pas la peine.

L'air compatissant, la femme opina.

Alessandra détourna le regard. Le divorce vite fait bien fait qu'elle envisageait de négocier n'était plus d'actualité. Au contraire. Et, c'était sûr et certain, Vincenzo allait apprécier cette nouvelle.

Mais ce ne serait que ponctuel, elle s'en faisait le serment.

Elle ne savait pas encore quel marché ils allaient conclure mais leur accord ne durerait qu'aussi longtemps qu'elle aurait besoin de Vincenzo. Ensuite, elle sortirait de sa vie pour toujours. Elle partirait loin du beau parleur qu'il était. Loin de son regard de braise, loin de lui. Elle n'aurait plus alors qu'à guérir son cœur naïf et ses espoirs fous.

Vincenzo s'interrogeait, son manque de sommeil lui donnait-il des hallucinations ?

L'absence prolongée d'Alessandra – sans la moindre idée de l'endroit où elle pouvait se trouver – le déstabilisait totalement. Cela faisait plus de deux mois maintenant qu'elle s'était volatilisée. Même son équipe, des salariés qui le connaissaient depuis dix bonnes années, redoutait désormais ses terribles sautes d'humeur. Il refusait de l'admettre, mais la facilité avec laquelle elle l'avait quitté, alors qu'ils étaient mariés, était une blessure cuisante.

Et il n'était pas prêt à baisser les bras.

Agacé par un léger grincement de sa porte, il aboya.

— Foutez-moi la paix !

Furieux, il se passa nerveusement la main dans les cheveux. Cette silhouette, une liane, appuyée le dos contre sa porte, était-ce vraiment sa femme ?

— Bonjour, Vincenzo ! dit-elle en serrant la bandoulière de son sac qui lui écrasait la poitrine.

Il n'avait pas rêvé, elle était bien là. Alessandra, la fuyarde… avec sa voix de miel aux intonations italiennes et américaines à la fois, si amusantes. Un timbre qu'il aurait reconnu entre tous, jusque dans son sommeil. Que de fois l'avait-il entendue susurrer des mots tendres à son oreille, quand il était en elle, dans ce refuge tiède et apaisant qu'il avait enfin trouvé, après l'avoir tant désiré. Un abri qui lui avait été refusé pendant tant d'années, tant d'années…

Une paix que les millions et les millions de dollars qu'il avait engrangés ne lui avaient pas apportée.

Et, brusquement, son rêve devenu réalité, ce songe dont il ne voulait pas se réveiller, ce refuge, ce sentiment de paix lui avaient été arrachés.

Elle le lui avait arraché. À la première difficulté, elle s'était enfuie. Très certainement dans les bras de son ex.

Il inspira profondément. Son cœur s'était emballé, son sang cognait dans ses tempes avec une rage qui véhiculait autant de violence et de rancœur… que de désir. Car c'était incroyable, malgré ses griefs et le mal qu'elle lui avait fait, il avait envie d'elle.

Elle avait changé, cependant.

L'Alessandra qui le regardait, adossée à la porte, ne ressemblait plus à la femme qu'il avait vue, blessée, quand elle avait appris qui il était, ni à l'ardente défenseure des enfants maltraités, ni à la belle princesse qu'il avait mise dans son lit, un soir, et qu'il avait décidé d'épouser dès le lendemain matin.

Une nuit et il avait été perdu. Enchaîné comme si elle avait tissé sa toile autour de lui. Comme si elle lui avait jeté un sort.

Cette femme-ci n'avait pas l'air d'aller bien, pas du tout. Elle était vêtue n'importe comment. Elle pouvait à première vue passer pour une étudiante sans le sou incapable d'accorder temps et énergie à autre chose que ses études. Côté coiffure, ce n'était guère mieux. Ses cheveux tombaient lamentablement sur ses épaules et sa poitrine, cette poitrine haute qu'il avait adoré caresser. Sa peau, cuivrée deux mois plus tôt, était presque noire, comme si elle avait passé tout son temps à l'extérieur.

À forniquer sous le soleil avec son ex, peut-être ? Il fut pris d'un subit accès de jalousie.

C'était surtout ses yeux qui la changeaient. Ils avaient quelque chose de dur, un éclat qu'il ne leur avait jamais vu auparavant. Au lieu de la culpabilité, ou de la honte qu'il pensait lire sur son visage à son retour, ils n'exprimaient que du défi. Il ne restait rien de la bouche gourmande qu'il aimait, de la moue boudeuse qui lui plaisait tant. Rien que des lèvres pincées.

Le premier choc passé, il reconnut la volonté, la détermination qu'elle dégageait toujours.

De toute évidence, elle n'était pas heureuse d'être là. Si elle était venue, c'était qu'elle avait une sérieuse raison de le faire.

— Eh bien, ravi de te revoir, ma princesse, dit-il en reculant sur sa chaise.

Pas vraiment sûr de tenir sur ses jambes, il ne se leva pas. Il avait la gorge sèche, son cœur battait à trois cents à l'heure.

— Assez folâtré comme ça avec ton ex ? demanda-t-il, sarcastique, avec un sourire forcé.

Elle sursauta, prise de court, mais se ressaisit vite.

— Je n'ai jamais rien entendu d'aussi bête, dit-elle en s'écartant de la porte. Je n'étais pas avec Javier.

Plus sa colère enflait, plus Vincenzo faisait d'efforts pour feindre le calme. Il n'allait sûrement pas afficher son désarroi devant cette femme impulsive qui l'avait si piteusement éconduit.

— Ah non ? Vous disparaissez tous les deux en même temps pendant plus de deux mois et c'est un hasard ? Quelle drôle de coïncidence, tu ne trouves pas ?

Elle se gratta le nez en faisant la grimace.

— Tu crois peut-être que j'ai envie de courir d'un homme décevant et menteur à un autre qui l'est tout autant ?

Malgré son ressentiment, il la crut. Il y avait dans sa réponse un tel accent de sincérité indignée…

Il se passa la main dans les cheveux. Sa jalousie l'égarait. Elle lui prêtait des pensées méprisables.

— Pourtant, quand je lui ai demandé au téléphone si tu étais avec lui, il n'a pas démenti.

Elle soupira.

— Évidemment, Javier est un beau salaud. Comme toi. Il a sauté sur l'occasion pour te faire enrager ! Il m'en veut en ce moment, tu t'en doutes.

De nouveau, il pensa qu'elle lui disait la vérité mais cela ne le calma pas. Qu'elle l'associe à son ex était humiliant. Surtout après ce que Massimo lui avait dit, qu'elle était avec lui par dépit.

— Peut-être mais il savait où tu étais, non ?

— Oui. Il m'a mise en contact avec un ami à lui qui a une ferme au Brésil mais il n'était pas avec moi.

— Et pendant que tu prenais ton pied au Brésil, tu ne t'es pas demandé ce que je vivais, moi ? Neuf semaines, Alessandra, tu es partie neuf semaines sans donner signe de vie. Même pas un texto. Est-ce que tu te rends compte de ce que j'ai vécu, ou pas ?

— Tu as su au bout d'une semaine qu'il ne pouvait rien m'arriver. J'avais demandé à Massimo de te prévenir.

Encore ces Brunetti ! N'empêche, il enviait la fidélité dont elle faisait si généreusement preuve envers eux.

De plus en plus nerveux, il se leva et alla vers elle. Bien droite, presque aussi grande que lui, elle le regarda dans les yeux. Le défiant presque. Où était passée l'exquise femme peu compliquée dont il était instantanément et éperdument tombé amoureux à Bali ?

Pour l'heure, menton pointé, épaules bien carrées en arrière, elle était prête au combat.

— Je suis ton mari, ne t'en déplaise. Être informé après tout le monde, surtout avec les ricanements de cet imbécile de Massimo, que tu es en sécurité dans je ne sais quel trou est inacceptable.

Elle se cabra.

— Qu'attendais-tu de moi, Vincenzo ? Que je te téléphone pour te dire que je m'interrogeais sur tout ce que tu m'avais dit, et fait ? Que je n'arrivais plus à me regarder dans la glace tellement j'avais honte de ma bêtise, de m'être ridiculisée… Que l'idée d'être avec toi quand tu avais pris un malin plaisir à détruire Massimo et Leo me donnait la nausée ? J'ai préféré partir, loin de toi, de Greta, de tout.

— Et ?

— Et quoi ? C'est quoi ce *et* ? Tu ne vois pas que toutes les promesses que nous nous sommes faites ne valent rien puisqu'elles ne reposent sur rien, que ce ne sont que des paroles en l'air, du vent ?

Le bout des doigts commença à le démanger…

— Quand quelque chose est abîmé, tu le jettes sans même chercher à le réparer ? demanda-t-il.

— Non, sauf quand c'est en miettes, comme ma confiance en toi.

Il préférait les larmes et les insultes à cette Alessandra froide et dure comme de la pierre et qui le regardait avec un insoutenable air de mépris.

— Je crois que Massimo a raison, fit-elle.

— L'Alessandra que les journaux nous vendent, celle qui capture des millions de cœurs en jouant à la Mère Teresa, est une imposture. L'Alessandra qui clame qu'elle a toujours rêvé d'avoir une grande famille est un mensonge incarné dont les promesses ne valent rien. Clairement, le mariage n'est pour elle qu'une partie de plaisir, de jambes en l'air et d'escapades romantiques. Cette fille est si immature qu'elle est incapable de s'expliquer avec l'homme avec lequel elle a promis de passer sa vie.

4.

Impulsive. Immature.

Alessandra avait déjà entendu cela, mais elle avait enfoui ces mots le plus profondément possible. Sa mère Alyssa les avait employés lors de leurs discussions, quand Alessandra refusait d'aplanir leurs différends.

De la part de Vincenzo, ces accusations sonnaient vrai et faisaient mal. La disparition brutale de sa mère et de son beau-père, en la fragilisant encore plus que d'habitude, n'arrangeait rien.

Elle s'attendait à la colère de Vincenzo, elle avait été prévenue par Massimo qu'il était malheureux malgré ses efforts pour le cacher. Elle avait mis cette prétendue blessure sur le compte de la suffisance d'un homme habitué à ce que rien ne lui résiste. Avec elle, il était mal tombé.

— Fuir les problèmes quand ils se présentent ne résout rien. Cela les aggrave au contraire, *Piccola*.

Son père biologique avait coutume de le lui répéter quand, après une nouvelle dispute avec sa mère, elle le suppliait de l'accueillir chez lui. Finalement, Carlos avait cédé. Résultat, le fossé entre Alyssa et elle n'avait cessé de se creuser.

Fuir. Avait-elle fait la même chose, cette fois encore ? Que devait-elle à un homme qui l'avait piégée dans son tissu de mensonges ?

Pour l'instant en tout cas, il n'avait rien gagné en se mariant avec elle.

Je t'ai épousée parce que, pour la première fois de ma vie, j'ai vu quelque chose d'autre que la vengeance.

Les joues en feu, refusant de détourner les yeux comme si elle avait eu tort, elle releva crânement le menton.

— Te demander d'excuser ce que j'ai fait ne serait pas honnête. Je ne suis pas partie comme ça, sans réfléchir. Non, je n'avais pas le choix. *Tu* ne m'as pas laissé le choix. Enfin, j'avais le sentiment de ne pas avoir le choix.

— Et maintenant, ma belle ?

Appuyé sur son bureau, il allongea les jambes devant lui, déclenchant ce qu'elle redoutait le plus en venant le voir, l'émotion physique qui ne s'était jamais démentie depuis qu'elle l'avait quitté.

— Tu as trouvé un… autre choix ? C'est pour ça que tu daignes revenir ?

Le voir là, devant elle, si beau, si viril, si désirable lui faisait perdre ses moyens. Et pourtant, il dégageait une insupportable suffisance. Comme s'il le faisait exprès pour la tenir à distance. Il ne se comportait pas ainsi à Bali. Au contraire. Il l'avait laissée l'approcher. Il était différent. Ou était-ce son incorrigible naïveté qui l'avait trompée ? Ou son besoin de croire aux contes de fées ?

Elle hocha la tête, le dévisagea.

Comment les ressemblances entre Leo, Massimo, et lui avaient-elles pu lui échapper ? Comment avait-elle pu ne pas voir les traits du visage, cette façon de se tenir légèrement à l'écart, la tendresse dans sa voix quand il parlait de sa mère… Il ressemblait tellement à ses demi-frères… C'était tellement un Brunetti…

Il aurait détesté la comparaison mais les similitudes existaient, à commencer par l'assurance avec laquelle il s'exprimait, son allure qui en imposait. Il les avait chèrement acquises et ne s'en débarrasserait pas facilement.

Il avait des cernes profonds sous ses yeux bordés de longs cils. Son nez aquilin, héritage d'une longue lignée d'aristocrates, et sa mâchoire carrée, volontaire, contredisaient ce que ses longs cils pouvaient suggérer de féminin. Si sa lèvre supérieure était fine, sa lèvre inférieure au contraire – Alessandra ne s'en était jamais fait la remarque – débordait d'une sensualité qu'il cachait habilement sous un masque d'insensibilité.

La température était agréable dans son bureau, mais Alessandra frissonna.

L'ouverture de la chemise grise de Vincenzo révélait sa peau bronzée, une peau qu'elle avait câlinée, embrassée sans se priver. D'ailleurs, ses doigts la démangeaient. Elle rêvait de le caresser encore, de glisser les mains sur la peau tiède de sa poitrine, de sentir ses muscles se contracter à leur contact. Elle trouvait si romantique qu'elle, si retenue et même froide, ait rencontré un homme qui la fasse vibrer rien qu'en la tenant dans ses bras. Une pensée en amenant une autre, elle se rappela sa main allant et venant sur son corps, descendant sur ses cuisses, remontant et empoignant… Elle se mit à trembler.

— Alessandra !

Sortant de la contemplation rêveuse de ce corps dont elle était devenue folle, elle sursauta.

— Heu… J'ai trouvé un quoi ?

Exaspéré, il soupira.

— Tu as trouvé ce qui t'a poussée à revenir ? Greta t'a promis de te protéger du grand méchant loup ? Leo et Massimo vont t'arracher aux griffes du pervers narcissique avec lequel tu t'es embarquée ?

— Je suis assez grande pour me défendre toute seule, je n'ai besoin de personne pour m'aider.

Elle hésita, reprit son souffle.

— Si. J'ai besoin de toi.

Comme si elle avait jeté un sort au bureau, l'atmosphère changea dans la pièce. Comme à Bali quand leurs regards s'étaient croisés pour la première fois et qu'un courant de trois cent mille volts au moins était passé entre eux. Une décharge d'électricité de la violence d'une bombe nucléaire.

Un éclat presque bestial brilla dans les yeux gris de Vincenzo. Le cœur battant, excitée par le pouvoir qu'elle exerçait sur lui, elle eut un mouvement de recul.

Était-il possible qu'elle suscite une telle réaction chez lui ? Et pourquoi cette réaction lui faisait-elle encore autant d'effet ? Quand ces imbéciles, ces idiots de cœur et de corps comprendraient-ils que Vincenzo n'était pas pour elle ? En dépit du plaisir que lui procuraient ses étreintes, il poursuivait un objectif qu'elle ne partagerait jamais.

— Tu as besoin de moi pourquoi, ma belle ? J'ai commis l'erreur de te faire confiance aveuglément une fois, je ne répéterai pas cette bêtise.

Le ton sarcastique la fit blêmir mais elle se ressaisit vite.

— J'ai besoin de faire semblant d'être mariée. C'est pour ça que je suis revenue.

— Mais… tu es mariée !

— Oui…, non…, enfin…, je t'explique, fit-elle en bafouillant.

— Je t'écoute.

— Ma mère et mon beau-père sont morts dans un accident de voiture il y a deux semaines.

Elle se tut, avala la boule imaginaire coincée dans sa gorge et continua, sans lui laisser le temps de manifester sa sympathie. Tout, sauf éclater en sanglots devant lui et accepter le réconfort de ses bras. Ce genre de faiblesse, c'était fini.

— J'ai pris l'avion pour venir ici juste après les obsèques à San Francisco. Mon beau-père laisse une énorme fortune à Charlie, mon demi-frère. Il a sept ans, et ses oncles, du côté de son père, se battent déjà pour obtenir sa tutelle. Ils veulent mettre la main sur sa fortune.

Elle se détourna et sécha furtivement une larme qui lui avait échappé.

— C'est affreux. Je suis désolé d'apprendre ça et de ne pas avoir été avec toi quand tu l'as appris.

À sa voix, elle comprit qu'il s'était approché. Au parfum qui flottait soudain près d'elle, aussi, véritable invite à se retourner et à se jeter dans ses bras pour y puiser l'apaisement auquel elle aspirait tant.

— Tu aurais dû me prévenir, Alessandra.

La voix était si tendre et le ton si sincère qu'elle faillit flancher, mais il ne fallait pas. Elle serait forte jusqu'au bout.

Elle se retourna, lui fit face.

— Pour quoi faire ? Je me suis toujours débrouillée seule dans la vie.

D'un geste aussi sec que son ton, elle repoussa une mèche de ses cheveux.

— Je veux obtenir sa garde. Je veux l'élever. Je veux lui donner l'amour d'une famille, et tout ce dont un enfant a besoin… Toute chose dont j'ai été privée, petite. Quand je vois comment les frères de mon beau-père se déchirent déjà, je ne peux pas les laisser faire. C'est impossible.

Elle se tut quelques secondes, comprit qu'il l'écoutait attentivement, et reprit :

— J'ai parlé avec des avocats spécialisés dans le droit de la famille. Ils m'ont fait comprendre que j'avais très peu de chances d'obtenir sa garde compte tenu de la vie que je mène actuellement. Pour tout le monde, je suis célibataire. Je voyage dans le monde entier pour mon métier. Je n'ai de racines nulle part, donc pas de stabilité. On parle trop de moi dans les magazines people, pas toujours en bien, et ma rupture d'avec Javier a fait les gros titres d'une certaine presse. En résumé, les oncles de Charlie sont bien décidés à se servir de tous les ragots qu'ils trouveront dans les journaux, même les petits trucs que j'ai pu faire il y a dix ans, pour démontrer que je ne suis pas digne de l'avoir avec moi. Alors, où interviens-tu là-dedans ?

— Oui, où ? Ce que je comprends, c'est que tu reviens

vers moi uniquement pour me demander un service, parce que tu ne peux pas faire autrement. Il a fallu un drame pour que tu refasses surface, les vœux prononcés le jour de ton mariage ne veulent toujours rien dire pour toi.

Il grinça des dents.

— Maintenant, dis-moi ce que je viens faire là-dedans. Vas-y. Crache !

Elle aurait dû avoir honte de la situation qu'il venait si bien de résumer mais elle avait besoin de lui. L'heure n'était pas à l'autoflagellation.

— J'avais déjà pris la décision d'arrêter le mannequinat. Aujourd'hui, mon but est de prouver que je peux assurer stabilité et sécurité à Charlie, et cela, aussi longtemps qu'il le faudra. Mon intention est d'introduire une demande devant la Cour pour avoir sa garde, et de gagner. Je vais honorer les contrats que j'ai signés. Ensuite, il faudra que je fournisse une adresse de résidence permanente et que j'adopte un mode de vie moins chaotique. Avec mon mari, de manière à montrer à la Cour qu'il y a un vrai foyer prêt à accueillir Charlie.

— C'est tout ? demanda sèchement Vincenzo.

— Oui. Et puisque j'ai un mari, je me suis dit « après tout, c'est le moment de t'en servir ».

— Au lieu de ?

— Au lieu de me débarrasser de l'actuel et d'en chercher un autre.

— Voilà qui a le mérite de la franchise, répondit-il.

Elle y était peut-être allée un peu fort ? Mais elle était fatiguée. Manque de sommeil, mal de tête… Elle n'avait pas mesuré la portée de ses propos.

— Je ne plaisante pas, dit-elle.

— Tu ne plaisantes pas ? J'aurais dû exiger que tu me dises la même chose, le jour de notre mariage, quand tu m'as promis amour et fidélité.

Elle ravala sa honte. Après tout, elle n'avait pas vraiment de raisons de se sentir coupable après ce qu'il lui avait fait.

— Tu me dois bien ça, Vincenzo.

Il haussa les sourcils.

— Pardon ? Je *vous* dois quelque chose… princesse ?

Son ricanement l'exaspéra.

— Oui. Tu m'as épousée sans me dire toute la vérité, on dirait que tu l'as oublié ! Et tu oses me reprocher notre mariage de pacotille ! Tu ne manques pas d'air ! C'est moi qui suis en droit de te demander réparation. Et c'est ce que je fais.

— Je te l'ai déjà dit et je le répète, pour moi notre mariage n'est pas un mariage de *pacotille,* comme tu dis. C'était sérieux.

— Je ne te demande pas le bonheur éternel, de toute façon j'ai compris que ça n'existait pas. Ce que je veux, puisque nous sommes toujours ensemble après tout, c'est que tu m'aides à redonner à Charlie le bonheur qu'il a perdu en perdant ses parents. Pauvre Charlie, déchiré entre des oncles qui n'en veulent qu'à ses sous ! Évidemment, tu ne sais pas ce que c'est que se battre, dans la vie !

Vincenzo pensait avoir déjà tout vu et que plus rien ne le choquerait dorénavant. Mais le feu qui brûlait dans les yeux d'Alessandra, sa posture combative face à lui lui firent un choc. C'était donc la femme qui lui avait fait perdre la tête.

À la fois vulnérable et féroce.

Fragile en apparence mais sans cœur.

En elle, il avait vu une femme qui le soutiendrait. Une femme qui se battrait avec lui contre les injustices dont il avait été victime. Une femme qui comprendrait la lutte qu'il menait depuis toujours, son ambition, son besoin de rétablir l'équilibre. Une femme – sa femme – qui se rangerait de son côté, qui prendrait son parti contre ceux qu'elle aimait qui n'étaient même pas de son sang.

Mais il ne se laisserait pas circonvenir. Il ne succomberait pas une nouvelle fois. Il ferait taire son cœur pour n'écouter que sa raison. Il refusait d'oublier, quelle que soit la détermination qu'elle affichait, qu'elle l'avait quitté, à peine mariée, sans même lui laisser ou lui dire un mot.

Pire, elle ne serait pas revenue si la vie ne lui avait pas joué un tour aussi cruel.

Et pourtant… Bien que sur la réserve, il ne pouvait rester insensible à la peine qu'il lisait dans ses yeux, aux regrets chaque fois qu'elle mentionnait sa mère, à son désarroi quand elle racontait la bataille des oncles pour accaparer Charlie.

Autant de sentiments qu'il ne connaissait que trop bien.

— Te rends-tu compte que la garde de Charlie est une énorme responsabilité ?

Elle n'hésita pas.

— Oui, dit-elle d'un ton calme mais sans appel.

— C'est une décision réfléchie, je suppose ? Comme si tu n'étais pas la reine des comportements impulsifs !

Elle tripota la bandoulière de son sac, attirant sur sa poitrine le regard de Vincenzo qui le détourna aussitôt.

— Tu n'es pas juste ! dit-elle.

— Vraiment ? Pendant les semaines où tu t'es cachée, j'ai eu tout le temps de cerner ta vraie personnalité, ma chère. Tu n'en es apparemment pas à ton coup d'essai. Tu es la championne des décisions prises sur un coup de tête.

Droite comme un i, elle s'approcha de son bureau.

— Je ne sais pas de quoi tu parles.

— Tu choisis de devenir mannequin pour faire bisquer ta mère. Parce que tu sais qu'elle désapprouvera. Tu pars en plein shooting, alors que tu as signé un contrat de deux millions de dollars avec un laboratoire de cosmétologie, parce que tu désapprouves leurs valeurs, que tu critiques d'ailleurs ouvertement. Aussitôt, pour échapper aux suites de ce coup d'éclat, tu vas te cacher à Bali où je te retrouve.

Puis, tu prends la décision d'arrêter le mannequinat… j'ignore pourquoi. Finalement, tu te maries avec moi, par dépit, parce que ton ex t'a laissée tomber.

Elle écarquilla les yeux.

— Javier ! Encore ! Tu ne peux pas le laisser tranquille ?

— Non ! D'après Massimo, ton ex est très bavard depuis que tu es partie. Il donne régulièrement des infos sur toi. Je crois qu'il adapte ses versions en fonction de ce qui, selon lui, me fera le plus souffrir. Il se venge, quoi !

— Il se venge ?

— Il savait que ton départ à la sauvette m'avait mis hors de moi. Il prend donc plaisir à m'enfoncer un peu plus.

Massimo, Vincenzo s'en était rendu compte les semaines précédentes, était intrigué par lui. Le génie des mathématiques voyait une énigme passionnante en lui.

Comment détester cet homme qui déboulait dans son bureau pour bavarder comme l'auraient fait deux amis d'enfance ? Ou deux frères qui se retrouvaient après s'être perdus de vue depuis longtemps. De son côté, mais Vincenzo ne l'admettrait jamais, le mathématicien génial piquait lui aussi sa curiosité.

— Alors, est-ce vrai ?

— Quoi ? Qu'est-ce qui est vrai ?

Il grinça des dents. Elle se moquait de lui, c'était certain. Puisqu'il n'avait plus rien à perdre, autant lui poser la question qui le rongeait depuis qu'elle était partie.

— Dis-le franchement, tu m'as épousé par dépit.

Elle le fixa, les yeux plissés, l'air de réfléchir à ce qu'elle allait répondre, mais, intérieurement, elle était complètement nouée.

— Il y a peut-être du vrai là-dedans, finalement. Sinon, comment expliquer mon coup de folie de Bali ? Javier et moi… Nous avions plein de projets ensemble et… *plouf !* Plus rien. Ma relation avec lui, un échec. Mon métier ? Plus aucun intérêt. Je suis partie à Bali ravagée par ce que j'avais vécu comme un tremblement de terre et puis, tu as surgi… Le prince charmant volant à mon secours. Mais j'ai déchanté. En fait de prince charmant, tu es le crapaud… Insensible, gluant…

Il serra les dents. Elle comprit qu'elle avait touché un point sensible. Exagérait-elle ? Le voyant s'approcher, elle se blinda contre une réponse cinglante. Au contraire, prenant sa voix la plus douce, il lui dit qu'il compatissait à son chagrin d'avoir perdu sa mère.

— Le chagrin et les remords ne sont pas une raison pour prendre un enfant en charge. Un petit garçon n'est pas une marchandise que l'on renvoie si, finalement, on n'en veut plus.

Qu'il change brusquement le cours de la conversation, surtout pour le seul sujet qui lui tenait pour l'instant à cœur, la surprit. Cet homme était plus complexe qu'elle ne le pensait.

— Ça t'étonne qu'un homme comme moi – brutal, froid, cruel et… gluant, je reprends ton terme – puisse se préoccuper du sort d'un petit garçon, de ton petit frère, malgré notre discorde ?

— Non. Oui. Enfin… je ne m'attendais pas à cette réaction de ta part. Mais elle me rassure. J'avais peur que mon projet n'aggrave encore le sort de Charlie.

— Tu craignais que je sois une solution encore pire que celle qui l'attendait ?

— Bien sûr. Tu m'as tellement menti. Je n'ai plus confiance en toi. J'ai beaucoup réfléchi, tu sais, avant d'entreprendre la démarche que je fais aujourd'hui.

— Et tu en conclus que… ?

— Que je vais demander la garde de Charlie et qu'une fois Charlie élevé, ce mariage ne voulant plus rien dire pour moi, je…

— Tu te débarrasseras de moi, c'est ça ? dit-il, un drôle de sourire sur les lèvres.

— Quelque chose comme ça, répondit-elle, un peu gênée tout de même.

Il était debout tout près d'elle maintenant, si concentré que, pour un peu, elle aurait entendu ses neurones s'entrechoquer sous son crâne ! Quel calcul machiavélique préparait-il ?

— OK, je suis d'accord, mais ma coopération aura un prix.

— Je m'en doute !

Elle le foudroya du regard en ricanant.

— Finalement, je te connais par cœur !

— C'est normal, un prix, non ? Tu me demandes de jouer un rôle important dans la vie d'un enfant…

— Je ne te demande pas d'être son papa !

— Ah bon ? Comment vois-tu ça, alors ? On fait semblant d'être un couple fusionnel, tu obtiens la garde de ton demi-frère et tu files avec lui à l'autre bout du monde où personne ne te connaît, et tu oublies que tu as laissé un pauvre mari à la traîne.

Aucun endroit au monde ne lui ferait oublier qu'elle l'aimait.

— Alors, Vincenzo, ce prix ?

Il lui souleva le menton du bout du doigt et la regarda droit dans les yeux.

— Toujours le même, Alessandra. Je veux ce que j'ai toujours voulu et qui est à moi. Toi. Ni plus ni moins. Je veux la femme qui a promis d'être à moi. Je veux que notre mariage soit ce qu'il promettait d'être. Je te veux près de moi pour atteindre avec toi l'objectif que je me suis toujours fixé.

— D'accord, Vincenzo, mais les promesses dont tu parles, je les ai faites sur des mensonges. Tu n'es pas l'homme que je pensais. Et rien ni personne ne me fera trahir Leo et Massimo.

Démangé par l'impatience, il explosa.

— Tu n'as pas de service à leur rendre, *cara* ! Leonardo et Massimo sont assez grands pour s'occuper d'eux-mêmes. Contrairement à Charlie ! Garde ton énergie pour lui.

— À t'entendre, on dirait que c'est simple. Comme si tout se situait sur le même plan.

— J'ai l'impression qu'une chose cruciale t'échappe, Alessandra. Que je t'aie vue à Bali ou pas, que j'aie bafoué pour t'épouser les promesses que je me faisais depuis toujours alors que je n'ai jamais gardé de petite amie plus de deux mois – je continuerai de poursuivre mon objectif, celui qui a guidé ma vie, détruire tout ce qui porte le nom de Brunetti.

— Plutôt mourir que te laisser te servir de moi pour atteindre ton but, répondit-elle vivement.

Il encaissa ce qu'elle venait de dire avec un mélange d'admiration et de défiance.

Compte tenu du portrait que Massimo avait brossé d'elle, de son attitude au cours des deux derniers mois, il s'était demandé s'il n'avait pas eu tort de se laisser subjuguer par sa beauté. Aujourd'hui, il savait qu'il avait bien fait. Cette Alessandra, qui se battait comme une lionne pour ceux qu'elle aimait, lui plaisait. Il voulait qu'elle lui témoigne la même loyauté.

Cruel ou pas, le sort lui donnait une nouvelle chance. La volonté d'Alessandra de s'occuper de son frère leur donnait l'occasion de rebattre les cartes et d'aplanir leur malentendu. L'occasion de passer du temps avec elle, de faire valoir son point de vue à lui, de faire en sorte que l'arrangement ponctuel qu'elle souhaitait évolue vers une vraie union, comme il le désirait.

— Bien, je vais te donner ce que tu veux. Nous ferons semblant d'être heureux, un couple radieux, éclatant de bonheur. Je vais t'aider à obtenir la garde de Charlie. Après une période d'essai de… disons trois mois.

— Une période d'essai ? Pour quoi faire ?

— Pour voir comment tu te comportes.

— Pardon ? Comment oses-tu…

— Écoute-moi. Tu dis que j'ai brisé la confiance que tu avais en moi. Sache que tu as fait la même chose. Crois-moi, ma princesse, tu es la première personne à qui je l'avais donnée et tu me l'as renvoyée en pleine figure, sans t'interroger. Comme une claque.

Elle ravala la réponse qu'elle avait sur le bout de la langue. Vincenzo n'avait pas tous les torts…

Leur mariage voulait dire quelque chose pour lui. Peut-être pas la même chose que pour elle, mais quelque chose quand même. En reniant les vœux qu'elle avait faits, en le quittant, quel genre de message lui avait-elle envoyé ? Qu'avait-il ressenti ? Un abandon ? Une trahison ? Pour lui, son mariage, ses vœux étaient-ils vraiment si sacrés ?

— Je ne… je ne te laisserai pas introduire un enfant dans notre histoire sans être sûr que c'est vraiment ce que tu veux. Être parent est une décision qui ne se prend pas à la légère. Il ne sera pas question, ensuite, de te… volatiliser. Pendant ces trois mois, montre-moi que tu peux avoir de la suite dans les idées. Pleure ta maman. Décide de ce que tu veux faire de ta carrière…

Elle détestait qu'on lui donne des ordres… Surtout quand ils étaient sensés.

— Pourquoi veux-tu que je pleure ?

— Parce que tu viens de perdre ta mère. Tu…

— Ma mère n'a jamais occupé une grande place dans ma vie, répondit-elle.

Il voulut prendre sa main mais elle le repoussa et recula. Pas parce qu'elle craignait de le toucher. Mais parce qu'elle se méfiait d'elle.

— Ne te sauve pas, dit-il avec un soupir. Ne… Reste là, avec moi, tranquille. Montre-moi que tu acceptes mon arrangement pour les trois mois à venir. Ensuite, on entreprendra les démarches.

— Mais ça va être trois mois pendant lesquels Charlie…

— Tu n'auras qu'à aller le voir. Honore tes obligations. Trois mois, c'est une goutte d'eau dans l'océan si tu considères que c'est une famille que tu lui donnes pour le reste de sa vie.

— C'est long, trois mois, surtout pour un enfant qui vient de perdre tout ce qu'il avait et qui vit avec des gens qui ne voient en lui que l'amélioration de leur niveau de vie. En fait, tu fais ça pour me punir. Parce que je t'ai quitté.

— Non, Alessandra, je fais ça parce que je veux être sûr que, cette fois, nous ne nous fourvoyons pas. Je refuse d'imposer à un enfant de vivre avec un couple chaotique. Tu connais aussi bien que moi les dégâts que des parents qui se déchirent peuvent faire. Les enfants sont fragiles. La moindre erreur…

Elle plaqua la main sur son cou.

— Non, je ne peux pas le laisser seul avec eux.

— Très bien, princesse.

Son ton s'était radouci et il la regardait avec insistance, le front plissé, l'air grave comme souvent.

— Ta mère avait sans doute des amis que Charlie connaît ? Des gens en qui tu as confiance ?

— Oui. J'en connais qui ont un petit garçon de l'âge de Charlie.

— Tu m'as dit que, ta mère et toi, vous ne vous entendiez pas bien.

— C'est vrai mais ce n'est pas une raison pour laisser tomber Charlie. Je n'ai jamais raté un seul de ses anniversaires et, dès qu'il a su lire, je lui ai écrit des cartes postales. Et même des lettres. Je vais prendre contact avec la famille de Pol et voir s'ils peuvent prendre mon frère en attendant la décision du juge. Charlie pourra aller dans la même école que Pol, ce sera pratique.

Elle haussa les épaules.

— En ce qui nous concerne, dit-elle, moi aussi je pose

mes conditions. Je ne dors pas avec toi. Ce n'est pas un vrai mariage. Ça ne l'est plus, en tout cas.

— Ah… Massimo avait raison.

Il prit la mèche de cheveux qui reposait sur son épaule et la fit glisser dans son dos.

— Je ne te connais pas bien. Et lui non plus. Il ignore à quel point tu peux être cruelle, n'est-ce pas, princesse ?

Elle se mordilla les lèvres.

— Avoir couché avec toi m'a bouleversée. Si je suis devenue cruelle, c'est ta faute. Enfin, peut-être… Tu fais trop bien l'amour, Vincenzo. Je me suis laissé prendre. Oui, c'est ta faute.

— Non, ce n'est pas ma faute, Alessandra. C'est que, physiquement, nous sommes faits l'un pour l'autre.

Il la tétanisa du regard.

— Et c'est ce que tu es en train de gâcher, *cara*.

— Le sexe, le sexe, le sexe… Il n'y a pas que ça dans un mariage.

— Je suis d'accord avec toi. Mon corps, en revanche…

Voyant qu'il l'agaçait, il n'insista pas.

— Maintenant, puis-je ajouter quelque chose à ta condition ? demanda-t-il. Que nous essayions chacun de séduire l'autre.

— Je n'ai aucune envie de te draguer.

Il inclina la tête sur le côté sans la quitter des yeux.

— Ça ne fait de mal à personne, si ?

De plus en plus agacée, elle haussa les épaules. Il se pencha à son oreille.

— Je vais te faire un aveu, chuchota-t-il. Je voudrais que tu changes d'avis et que tu me fasses la cour, princesse.

Son cœur s'emballa. Elle frotta ses bras couverts de chair de poule.

— Pourquoi ?

— Parce qu'il n'y a rien de plus érotique qu'une femme, belle et énergique, qui poursuit l'objet de son désir avec une détermination farouche. En fait, je vais te dire, c'est comme cela que tu m'as eu, *cara*.

Elle sentit son souffle effleurer son oreille mais il ne l'embrassa pas.

— Me sentir désiré par toi comme cela m'a hissé au sommet du monde.

5.

À Bali, déjà, Alessandra s'interrogeait. Avait-elle bien fait de décider d'arrêter sa carrière de mannequin ? Pour l'heure, elle préférait ne pas trop y penser mais c'était difficile.

Défilé après défilé, plus frénétiques les uns que les autres, pour les plus grandes maisons de couture, vol après vol d'une capitale à une autre, d'un pays à un autre, comme une nomade, des semaines de quatre-vingts heures sans une minute ni pour elle ni pour les causes et les engagements qui lui tenaient à cœur, le stress avait eu raison d'elle.

Évidemment, au début, elle s'était follement amusée. Soirées débridées, fêtes effrénées, champagne immodéré – tout juste seize ans, libre et le monde à ses pieds – elle en avait largement profité. Puis, au fil des ans, le strass et les paillettes avaient pâli, le glamour et son plaisir aussi. La vanité de ce milieu futile lui était même devenue difficilement supportable.

Les photographes, qui avaient adoré travailler avec elle, avaient commencé à la trouver capricieuse, impatiente, si sa prestation n'était pas parfaite dès le premier flash. Elle arrivait de plus en plus souvent en retard aux rendez-vous, se trouvait mille prétextes pour justifier ce qui devenait une habitude. Un jour, en pleine *fashion week*, elle était arrivée quelques minutes avant de défiler sur le podium, en retard, couverte de paillettes et de la laque plein les cheveux, vestiges de la séance photo précédente. Stressée à mort et épuisée de courir d'un show à un autre, elle n'avait plus eu qu'une envie, fuir la foule de fous furieux qui s'agitaient autour d'elle.

Ce soir-là, elle avait confié à Javier qu'elle ne supportait plus ce milieu.

Cet imbécile s'était moqué d'elle. Leur discussion s'était envenimée, leur relation dégradée. Le dénouement était écrit d'avance, leur couple s'était défait. Elle avait alors pris conscience qu'elle n'avait plus aucune envie de vivre avec Javier. Il était devenu une autre béquille.

Un peu plus tard, elle avait appris les mauvaises conditions de travail des employés du laboratoire de cosmétologie pour lequel elle défilait. Scandalisée, elle avait ouvertement critiqué l'entreprise lors d'une interview et dénoncé tous ses contrats. L'affaire avait fait grand bruit dans le landerneau de la mode. Son agent l'avait *virée* – comme elle l'avait déclaré alors – à grand fracas. Elle faisait trop de tort à un milieu où la réputation comptait avant tout.

Cela lui avait suffi. Elle avait filé à Bali où elle avait épousé le premier homme à qui elle avait plu.

Vu de ce côté de la lorgnette, son portrait n'était pas flatteur.

Pour l'heure, droite comme tout mannequin qui se respectait, bras écartés, le visage tendu pour laisser le maquilleur poser LA juste touche de fard sur ses joues et ses paupières, elle fixait le reflet que lui renvoyait la glace.

Quel soulagement ! se dit-elle en souriant. Elle en avait tellement assez de tout ça ! Bientôt ce ne serait plus que des souvenirs.

Il ne restait que quelques minutes avant le défilé, les coulisses grouillaient d'agités certains d'assurer à eux seuls le bon déroulement du show. Elle était parfaitement consciente des regards curieux portés sur elle depuis son arrivée.

Les potins allaient bon train dans ce milieu. Son coup

de sang à propos des salariés de La Reale, la société dont elle avait dénoncé les pratiques, son absence des plateaux pendant de longs mois et sa réapparition soudaine étaient abondamment commentés.

En rejoignant les top models qui attendaient, à la queue leu leu, de défiler avec elle, elle se sentait libre comme jamais, comme si on lui avait ôté un poids.

Quelqu'un vint voir la productrice, Isha, l'une des rares amies qu'Alessandra avait dans le métier, et le ton monta. Toutes les têtes se tournèrent vers les deux femmes qui s'accrochaient à propos de « qui allait s'asseoir où ».

Alessandra rejoignit son amie et la prit par les épaules en ayant soin de ne pas abîmer son maquillage.

— Qu'est-ce qui se passe ?

— Encore un de ces archimilliardaires qui débarquent à l'improviste à la dernière minute. Sa bande de grouillots exige qu'il soit placé au premier rang, évidemment ! Même notre créatif de génie de Benoit – d'un petit signe de tête elle désigna le couturier dont *les filles* présentaient la collection – refuse qu'on lui fasse cette faveur. Ils sont tous en train de se creuser la cervelle pour savoir où le placer. Apparemment, il est là pour voir un des tops.

Un petit vent de panique souffla sur Alessandra. Cela faisait deux semaines que Vincenzo et elle s'étaient expliqués puis mis d'accord sur un plan. Étant l'un comme l'autre extrêmement occupés, ils ne s'étaient pas revus depuis. Ce qui convenait à Alessandra, car le marché qu'ils avaient conclu allait bientôt prendre effet.

Brusquement, elle eut l'impression d'avoir le flair d'un animal pourchassé.

— Tu sais qui c'est, Isha ?

— Non, mais concentre-toi sur le show.

Ce qui n'était qu'un petit vent de panique se mit à souffler comme une bourrasque.

— Je veux savoir, Isha. Dis-moi, s'il te plaît.

— C'est cet homme d'affaires italien, le P-DG d'une société financière, un ours paraît-il, dont on a beaucoup parlé dans les médias ces derniers temps. Il aurait un lien avec les Brunetti et leur en voudrait à mort – ça a fuité dans la presse. En fait, ce serait le fils illégitime de Silvio Brunetti, un coureur, qui ne l'a jamais reconnu. C'est un certain…

— Vincenzo Cavalli, dit Alessandra, complètement retournée.

Le cœur battant comme un gong, perdue, elle inspira aussi profondément qu'elle put et, raide comme un piquet, avança sur le podium. Les haut-parleurs hurlaient des chansons rock à propos de filles qui vivaient à trois cents à l'heure et brûlaient la chandelle par les deux bouts.

Tout à fait mal venu, se dit-elle.

Il fallait qu'elle assure si elle voulait faire changer d'avis l'homme, assis au premier rang, qui la dévorait de ses insondables yeux gris.

Il était trop tard pour reculer, maintenant qu'elle avait signé un pacte avec le diable.

Vincenzo avala la dernière goutte de son whisky et monta sur la terrasse. La vue à trois cent soixante degrés donnait notamment sur le night-club qu'il avait ouvert récemment. Le voir, ce soir, sorti des ruines d'un ancien dépôt de la société des chemins de fer, l'emplissait d'une immense satisfaction.

Ce night-club confidentiel n'était plus si secret maintenant, car ce que Milan comptait de *modeux* l'avait découvert et il fourmillait de people qui avaient assisté au défilé. Les haut-parleurs diffusaient du hip-hop tandis que les serveurs régalaient les invités de cocktails de toutes les couleurs.

De son poste d'observation, Vincenzo distinguait, malgré

la lumière qui flashait tour à tour sur les petits groupes agglutinés là, sa chère petite femme.

Son regard revenait sans cesse sur elle, elle lui avait beaucoup manqué pendant ses deux semaines d'absence et il ne se lassait pas de l'admirer.

Il avait toujours aimé le risque. Toujours défié la chance et gagné, sinon il n'aurait pas cherché à se venger des frères Brunetti qui étaient nés avec d'indiscutables avantages sur lui.

Son mariage avait été un risque, comme ce night-club, mais pas un risque stratégique ou financier à l'image de ceux qu'il prenait d'habitude. Son mariage était un risque d'un autre genre. Qui finirait par payer.

En bas, Alessandra virevoltait comme un papillon, ou butinait telle une abeille allant de fleur en fleur. Son corps, ferme mais aux lignes souples, qu'elle entretenait avec une discipline de fer, rendait justice à sa robe. Le décolleté en V, très profond, laissait voir l'arrondi de ses seins sans un soupçon de provocation ni de vulgarité. Elle était tout simplement élégante et il était difficile de détacher les yeux de sa sublime silhouette. Un petit volant, qui flirtait avec le haut de ses cuisses, fronçait juste sous ses fesses que Vincenzo serrait encore dans ses mains pas si longtemps auparavant.

Il eut un sourire amer. Ce genre de plaisir n'était pas près de se renouveler. Mais il serait patient. Il gagnerait Alessandra comme il avait toujours tout gagné dans sa vie professionnelle.

Savoir que la femme qu'il avait épousée était un top model de renommée internationale sur laquelle les hommes fantasmaient était une chose. Le constater de ses yeux en était une autre. En bas, ils folâtraient tous autour d'elle comme des mouches.

Tout le monde adore Alessandra, lui avait-on dit un jour.

Il en avait la preuve. Pourtant, c'était lui qu'elle avait choisi après seulement quelques courtes semaines.

Je ne suis pas un prix, Vincenzo. Ni un trophée. Ni un gros lot.

Ces mots, qu'elle avait lancés dans sa colère, se télescopaient dans sa tête. Il savait qu'être fier d'elle n'était que pure vanité, mais il ne pouvait s'empêcher de se répéter *Elle est à moi, cette beauté. Seulement à moi. Rien qu'à moi.* Cette réaction, indigne de lui, lui ressemblait peu. Et pourtant…

Voyant un homme la suivre de groupe en groupe comme une guêpe, il commença à grogner. Ce balourd d'Espagnol de Javier Diaz, peut-être ?

Alors que Vincenzo gardait un œil sur lui, prêt à voler au secours d'Alessandra si besoin, elle renvoya l'importun avec une remarque, apparemment blessante, qu'il ne se fit pas répéter deux fois. Malgré son agacement, Vincenzo sourit. Il n'avait pourtant pas de quoi être satisfait car, mis à part un discret signe de tête quand elle l'avait aperçu, elle l'ignorait depuis le début de la soirée.

Mais pas question de s'en formaliser. Elle avait besoin de décompresser après le stress du défilé. Lui-même, agité de pulsions qu'il contrôlait mal, devait se calmer avant de la revoir.

Alors qu'il comptait, pour retarder le tapage, ne pas annoncer immédiatement leur mariage et se garder du temps pour respirer un peu tous les deux, tout s'était précipité. Son lien avec les Brunetti avait fuité dans la presse.

Il avait ajourné un voyage à Pékin pour négocier avec les médias et gérer la crise que cette annonce avait causée au sein de BFI.

Est-il vrai que Silvio Brunetti a séduit la femme de ménage d'un hôtel et que vous êtes né de cette liaison ?

Êtes—vous vraiment le fils illégitime de Silvio Brunetti ?

Quels sont vos projets concernant BFI ?

Un journal à scandales avait même titré *Le bâtard Brunetti*… Vincenzo lui revaudrait cela un jour.

En arrivant au quartier général de BFI, le matin même, il avait eu quelques défis à relever. Était-ce Alessandra qui avait vendu la mèche, lui attirant ainsi des ennuis considérables ?

Finalement, il était arrivé au défilé énervé et décidé à en découdre avec la femme qui, semble-t-il, l'avait une fois de plus trahi.

La voir défiler sur le podium – avec une démarche d'automate, une assurance presque effrontée et la moue boudeuse de rigueur – avait stoppé net sa colère.

Dans un soutien-gorge rouge sang qui rehaussait ses seins déjà hauts, un bikini assorti, des talons hauts cuivrés comme ses jambes et les cheveux ramassés en un chignon qui dégageait la structure de son visage, elle était irrésistible. Aussi longtemps qu'il vivrait, il reverrait cette image de la perfection féminine incarnée.

Son rouge à lèvres rouge vif, qui accentuait encore sa moue, était une pure leçon de sensualité. Cette femme était un péché.

Soudain, elle leva les yeux, provoquant en lui la réaction violente qu'il aimait… et redoutait. Et puis zut ! Il en avait assez de la regarder de loin comme n'importe quel homme. Assez de tourner autour du pot, de la ménager sous prétexte d'une faute qu'il estimait ne pas avoir commise. Assez de lui laisser du temps et de l'espace pour évacuer son chagrin.

Il fallait que le monde sache qu'elle lui appartenait. Que la nouvelle explose comme une bombe et se répande,

Alessandra Giovanni a épousé le bâtard Brunetti.

Penché sur la rambarde en fer forgé de la terrasse, il accrocha son regard et lui fit signe de monter. Devant son air insolent, il éclata de rire. Mais le souvenir de ses yeux sombres, voilés par la passion quand, torturée par le désir, elle s'offrait à lui, lui mit le feu aux reins…

Il était habitué à prendre, habitué aux femmes qui se donnaient sans retenue, il n'accepterait rien de moins de celle qu'il avait épousée.

Le sursis de quinze jours qu'elle avait obtenu était épuisé. Fallait-il qu'elle soit folle pour s'imaginer qu'il s'en irait après le défilé sans chercher à la voir !

Alessandra n'en revenait pas. Vincenzo était à la terrasse et la suivait du regard, de ses grands yeux gris qui semblaient dire « tu es à moi ».

Comment osait-il lui faire signe de monter, d'un geste de la main ? Pour qui la prenait-il ? Pour une marionnette ?

Elle hésita pourtant à monter. Leur rencontre à Bali l'avait troublée comme jamais aucun homme ne l'avait fait. Greta avait tenté de lui faire comprendre qu'elle était naïve et même sotte de ne pas voir qui il était, mais cela avait été peine perdue. Elle était alors si sûre de lui qu'elle n'avait pas cru Greta. S'il y avait un domaine qu'Alessandra pensait bien connaître – pour avoir navigué dans ses eaux troubles depuis l'âge de seize ans —, c'était le monde des hommes.

Elle avait été importunée, draguée, harcelée, avait reçu toutes sortes de propositions, du plus modeste manager au plus riche producteur, du designer débutant aux P-DG de multinationales. C'était cela, les hommes. Des coureurs, des prédateurs.

Vincenzo n'était pas de ceux-là. Elle l'avait tout de suite classé à part. Bien que conscient de sa position et de son pouvoir, il gardait les pieds sur terre. Sa réserve et le respect dont il avait fait preuve, le soir de leur rencontre, en la quittant sans chercher à obtenir ses faveurs, l'avaient étonnée. Cela lui avait plu.

Elle ne s'était pas trompée à son sujet. C'était un homme profond, capable de sentiments sincères, contrairement à la plupart des hommes.

Mais il avait étouffé ces sentiments, année après année, dans sa soif de vengeance envers des gens qu'elle adorait. Et elle ne le laisserait pas faire.

Pas étonnant que Leo ait pensé qu'elle avait « fondu un plomb », comme il disait. Quant à Massimo, il s'était contenté de sourire, et, avec un clin d'œil, lui avait donné un conseil :

Trouve de la dynamite si tu veux ébranler la montagne que tu as l'intention de faire sauter !

Elle monta la dernière marche et regretta aussitôt de ne pas être restée en bas, en sécurité au milieu de la foule. La terrasse où il se trouvait était vaste et abritée des regards curieux. Trop confinée. Trop de recoins discrets, de canapés moelleux, cachettes idéales pour accueillir les corps brûlants de désir de jeunes mariés privés d'intimité depuis un mois.

— Tu n'es pas mon seigneur et maître, lui lança-t-elle, sur la défensive dès le départ.

— Tu es montée, pourtant !

— Pas pour me bagarrer. Ce n'est pas le moment.

— Je vois que tu connais tes limites.

— Quelles limites ?

— Tu le sais très bien. Tiens, assieds-toi.

— Non, je n'en ai pas envie.

Il s'était avancé et était sorti de l'ombre. Un spot éclairait désormais son visage. Et il flottait autour de lui une odeur fraîche de citron vert.

— Comme tu voudras.

Sa voix la fit frissonner. Sa voix de basse, rauque, sensuelle, avec laquelle il prononçait son nom quand il la désirait et, enfin, la pénétrait.

Mais il y avait autre chose, ce soir. Quelque chose de plus.

Elle se décida à le regarder. Il avait enlevé la veste de cuir fauve qu'il portait pendant le défilé, défait quelques boutons de sa chemise gris anthracite, et ses manchettes. Un coup d'œil sur son torse et sur le duvet noir qui lui faisait un effet incroyable quand elle frottait sa peau nue contre lui… Une folle envie de se jeter à son cou l'envahit.

Mais il souriait, un sourire narquois qui lui plissait les yeux. Bon sang ! Il se fichait d'elle !

— Je te trouve bien rouge, *cara mia.* Quelque chose de frais te ferait peut-être du bien ?

Elle étouffait en effet, mais pas à cause de la chaleur ambiante.

Elle empoigna la rambarde en fer.

— Non, ça va. Et cesse d'être aussi…

Aussi irrésistible. Aussi sensuel. Aussi viril.

— Aussi quoi ?

— À mes petits soins. Comme si j'étais…

Elle secoua la tête si fort que son chignon se défit. Les épingles tombèrent sur la terrasse en marbre avec un léger cliquetis de métal.

— Zut ! dit-elle en se baissant.

Mais il la devança.

— Laisse tes cheveux comme ça, dit-il.

— Non.

Elle commença à les relever, à refaire son chignon.

— Le monde entier vient te voir défiler en bikini, dans un petit bout de tissu riquiqui… Je n'ai rien contre, personnellement, mais tu imagines les hommes au sang chaud quand ils te voient comme ça…

Il profita de ce qu'elle levait les bras pour admirer sa poitrine, vit le sang battre dans la petite veine bleue à la base de son cou, s'en émut.

— Ça fait deux semaines que je rêve de toi, princesse, de te voir écroulée sur mon lit, les cheveux défaits… Ce n'est pas encore pour demain, j'en ai bien peur. Je te le demande pourtant, c'est ton mari qui te le demande, bien que tu lui aies planté un poignard dans le dos.

— Un poignard dans le dos ?

— Oui, en prenant le parti des Brunetti, encore et toujours.

À sa voix, elle comprit qu'il ne plaisantait pas.

— Qu'est-ce que tu racontes ?

Il pencha la tête et, le front plissé, scruta son visage.

— Ce n'est pas toi qui es à l'origine de la fuite dans la presse, peut-être ? Tu sais que tu as ruiné ma réputation dans le milieu milanais de la finance.

Ahurie, elle le dévisagea.

— Moi ? Mais tu es fou ! Je n'y suis pour rien ! Franchement, Vincenzo, pourquoi te mentirais-je ? Quel intérêt, au point où nous en sommes ?

— Tu es belle même quand tu m'agresses, *cara*.

— Tu es superbe même quand tu es diabolique, Vincenzo.

Il rit et les petites rides réapparurent de chaque côté de ses yeux. C'était charmant. Cela lui donnait un petit quelque chose d'un chat. Comment garder ses distances quand elle n'avait qu'une envie, qu'il la prenne dans ses bras et l'emmène loin d'ici ? Qu'ils oublient tout sauf que leur bonheur passait avant le reste, leur bonheur, leur désir, leurs étreintes. Et, ensuite, leur avenir. Que c'était elle qui passait avant tout.

— Je n'ai rien dit à personne, Vincenzo. Crois-moi. Tu ne réfléchis peut-être pas avant de faire mal, mais je ne suis pas comme ça. Surtout quand je sais combien le petit garçon que tu étais a souffert du sentiment d'injustice.

Il la regarda longuement, hésitant manifestement.

— En ce cas, ça ne peut être que ta charmante belle-mère, Greta.

— Tu vas un peu vite, non ? Décidément, tu ne peux pas t'empêcher de te voir des ennemis partout.

— À qui d'autre veux-tu que ça profite ? répondit-il. Ce

qu'elle a fait est intelligent. J'ai perdu du terrain chez BFI. Deux membres du conseil d'administration qui devaient voter pour moi contre Leo ne m'ont finalement pas donné leurs voix. Les actions en Bourse de Cavalli Enterprises plongent depuis que la nouvelle est tombée. *Le bâtard Brunetti*, ça sonne bien. Quel joli surnom !

— Arrête. Tu as voulu attaquer de front Leo et Massimo, qui sont deux hommes d'affaires respectés. Tu t'es attaqué à BFI dont ils ont redoré le blason. Tu ne penses pas que tu devrais faire une pause et réfléchir à ce que…

— Je me moque de ce qu'on pense de moi. J'ai passé vingt ans de ma vie à traquer la moindre de leurs faiblesses pour les anéantir, tu ne voudrais pas que je baisse les bras maintenant ? Non, Alessandra, non, je ne vais sûrement pas m'arrêter en si bon chemin.

Elle soupira mais, décidée à lui tenir tête, continua.

— Si je suis capable, moi, de changer de vie, tu dois le pouvoir toi aussi.

— Ça va, Alessandra. Lâche-moi, s'il te plaît.

Il regarda la foule qui s'agitait en contrebas.

— Il ne t'a pas fallu longtemps pour rompre notre accord, dit-il brusquement.

— *Notre* accord ? Dicté par toi, je te rappelle. Qui voulait que je me tienne tranquille pendant les trois mois à venir ? Que je me taise tout en restant à tes côtés, les bras ballants, à te regarder détruire ceux que j'aime le plus au monde ? Ça ne sera jamais moi, ça, Vincenzo. Mets-toi bien cela dans la tête.

Ils se turent. Le silence s'éternisant, il reprit.

— Tu étais superbe sur le podium, aujourd'hui. Je comprends pourquoi tous ces *modeux*, comme vous dites, se lamentent que tu partes.

— Peut-être mais j'ai fait le tour de ce milieu. J'ai décidé d'arrêter… Sur un coup de tête, c'est vrai. Je ne supportais plus les conditions de travail des salariés du labo de cosmétologie que je représentais. Ma vie privée ne me satisfaisait plus, également. Pas de vie privée, le vide et la solitude après les feux de la rampe.

D'un signe de tête, il lui montra la piste de danse.

— Et lui, là ?

Sans même regarder, elle sut. Un instant, elle songea à frimer, à embellir sa relation avec Javier, par simple orgueil. Pour rabaisser aussi le caquet de Vincenzo et qu'il perde de sa superbe. Elle voulait revoir l'éclair de jalousie qui avait illuminé son regard quand il lui avait demandé si elle l'avait épousé par dépit.

Finalement, elle repoussa cette idée. Les mensonges n'étaient pas son fort.

— Ça faisait longtemps que ça n'allait plus entre nous. Quand je lui ai dit que j'allais arrêter le mannequinat, il a montré son vrai visage. Je ne l'intéressais plus car il n'allait plus pouvoir se servir de moi pour briller lui aussi, ni côtoyer un monde dans lequel il rêvait d'être comme un poisson dans l'eau. Sans moi, tout cela lui échappait.

Elle haussa les épaules. Cela lui faisait encore mal. Incorrigible romantique, elle avait cru partager avec Javier LE grand amour, pour se rendre finalement compte qu'il ne l'aimait pas pour elle mais pour ce qu'elle représentait. Aujourd'hui encore, la pilule était amère et dure à avaler. Un peu moins – tout de même – que lorsqu'elle avait appris qu'elle n'avait été qu'un poids pour sa mère, une obligation, le châtiment pour expier la faute d'une liaison extraconjugale avec Silvio.

— Il rôde toujours autour de toi, je l'ai vu.

— Tu m'as dit que je n'étais pas mal, aujourd'hui. Il doit se demander s'il ne me laisse pas partir un peu vite.

— Après votre dispute, tu l'as quitté tout de suite et tu es partie pour Bali, c'est ça ?

— Quelque chose comme ça. Ce jour-là, mon impulsivité m'a bien inspirée. J'ai pris la bonne décision en partant. Depuis, je suis lucide, je sais que c'est la fin de ma carrière, et que me retirer de ce monde-là est vraiment ce que je veux. Tu n'imagines pas à quel point ça me donne des ailes. Je me sens libre. Aujourd'hui, sur le podium, tu l'as remarqué d'ailleurs, j'étais sur un petit nuage. Je pense effectivement que je devais rayonner. Je vais finir au sommet, Vincenzo. Zéro regret. Pas de regard en arrière pour aborder le nouveau chapitre de ma vie.

— Tu sembles très déterminée.

— Absolument.

— Profitons-en, alors. Annonçons officiellement à tout le beau monde qui festoie ici ce soir le secret – qui n'en est plus un – de notre mariage.

— D'accord, répondit-elle en balayant des yeux les invités qui se pressaient dans le night-club. La plupart des journaux ont dépêché des photographes à l'occasion du défilé. Comment comptes-tu le leur annoncer ?

Il vint si près d'elle qu'elle frissonna et, instinctivement, se pencha vers lui. Il en profita pour remettre ses cheveux en place, lui effleurant le visage. Dans son élan, il posa la main sur son cou, sans appuyer, lui laissant tout loisir pour reculer.

— J'ai très envie de t'embrasser, dit-il. Que tu me témoignes un peu d'intérêt avant de faire cette annonce.

La musique était partout. Le contact de sa main sur son visage, après des mois de privation, lui fit l'effet d'une étincelle… Elle allait dire oui. Elle le savait. Il le savait. Il ne bougeait pourtant pas et elle ne voulait pas faire le premier pas de peur de passer pour une allumeuse.

Elle se passa langoureusement la main dans les cheveux puis battit des cils, lui coulant des regards énamourés.

— Tu m'en veux de t'avoir quitté comme ça, dit-elle, accompagnant sa réflexion d'une moue capricieuse. Tu veux me punir.

— J'ignorais que t'embrasser était une punition, ma belle.

Elle se pencha à son oreille.

— Ce n'en est pas une. Au contraire. J'adore. Et tu le sais. Même si je n'ai plus confiance en toi.

Elle vit une veine gonfler sur son front.

— Tout ce que je veux, c'est embrasser ma femme après les mois passés seul dans mon lit. Seul quand je vais me coucher, seul quand je me réveille au milieu de la nuit et que j'ai envie de toi à en avoir mal et que je sais que je n'ai que ma main pour me soulager, seul au petit matin. Et pendant ce temps, je me rappelle comme c'était bon, cette première fois, à Bali, quand je t'ai prise à la belle étoile.

— Oui, c'était bon, dit-elle simplement.

Elle ne saurait jamais plus minauder, jamais profiter du désir qu'elle lui inspirait, comme à cet instant.

— OK, allons-y, dit-elle. Finissons-en avec cette affaire.

— On dirait que tu te prépares pour la guerre.

— Tu ne penses pas que la guerre a déjà commencé ?

— Je suppose que tu vas dire que c'est moi qui ai déclaré les hostilités.

— Oui.

— Et que je dois signer la paix ?

— Non, c'est moi. Sache que j'ai bien l'intention de gagner.

— Je ne me suis pas marié pour me battre, Alessandra. Je rêve d'une vie calme avec une femme raisonnable, dit-il en soupirant.

Elle posa les mains à plat sur son torse – son cœur battait très fort sous sa chemise grise – et vint tout contre lui, se plaqua, cuisses contre les siennes. Elle sentit les battements de son cœur s'accélérer, se serra davantage encore. Sentant qu'il la désirait, elle se troubla.

— Tu te rends ? triompha-t-il.

— Jamais.

Elle fit glisser ses mains vers son cou, puis plus haut, empoigna ses cheveux, les souleva. Elle pencha la tête.

Le souffle tiède de Vincenzo effleurait sa joue. Son odeur, mêlée à son parfum, l'excita. Elle lui rappelait leurs longues nuits paresseuses et le plaisir indescriptible qu'elle avait pris avec lui.

— Sauf si…

— Si quoi ?

Tout doucement, elle posa les lèvres sur les siennes et, le tenant fermement par la nuque, plaqua sa bouche sur la sienne.

— Si tu te laisses aller. Je veux que tu te perdes, que tu te noies en moi. Jusqu'à ce que tu ne saches plus ce qui est bien, ce qui est mal. Jusqu'à ce que…

Elle ne termina pas sa phrase, déjà Vincenzo reprenait sa bouche. Mais, très vite, il recula. Ce fut elle, alors, qui se rapprocha. Elle passa la langue sur ses propres lèvres puis sur les siennes. Elles étaient douces et lisses, elles étaient tendres. Elles étaient gourmandes, et savoureuses aussi, et lui rappelaient les nuits magiques de Bali…

Essoufflée, elle reprit sa respiration, haleta quelques secondes, le regarda, reprit ses lèvres et les mordilla, joua avec elles mais ce n'était pas assez. C'était loin d'être assez.

Elle glissa la langue dans sa bouche et frissonna de plaisir. Après les montagnes russes de ces derniers mois, elle revivait. Elle aimait le goût de ses lèvres, de sa bouche, elle aimait son souffle sur sa peau, ses mains sur son corps, elle aimait tout de lui. Il l'enfiévrait, la rendait folle, l'emplissait de tout ce qu'elle avait connu et désirait encore.

Ondulant contre lui, elle reprit sa bouche avec une faim sauvage. Elle la lécha, la mordilla. Mais elle voulait plus, elle voulait sentir autre chose sous sa langue. Quelque chose d'aussi doux, d'aussi lisse, d'aussi moite que ses lèvres. Cette chose ferme, excitante… qui l'avait propulsée si loin, lui découvrant mille merveilles… Un monde insoupçonné.

La main qu'il avait posée sur son dos glissa sur sa peau.

Ses doigts, qu'elle connaissait si bien, l'effleuraient, légers comme des ailes de papillon. Ils caracolaient, volaient sur ses hanches, sur ses fesses.

Elle s'enhardit, dévora ses lèvres.

— Doucement, *cara*. Doucement, s'il te plaît. Je ne vais nulle part, dit-il dans un murmure.

Comme si une main l'avait giflée, elle recula, le souffle coupé et le regarda. Il avait beau faire semblant de contrôler ses émotions, il avait le regard fiévreux, les traits tendus et la respiration saccadée.

— Assez de démonstrations d'affection comme ça, dit-elle, reprenant son souffle. Allons annoncer notre mariage.

Il la dévisagea, interdit. Comment pouvait-elle, après tant d'audace, faire preuve d'un tel sang-froid ?

— OK, dit-il.

Alors qu'ils descendaient, marche après marche, hanche contre hanche, l'escalier, Vincenzo ne pensait qu'à se libérer du désir emprisonné dans ses reins douloureux, et Alessandra se demandait comment une victoire pouvait à ce point être ressentie comme un échec.

6.

La brise, étonnamment fraîche pour un jour de septembre, fouettait le visage d'Alessandra et plaquait son chemisier en soie et sa jupe longue contre son corps. Debout sur le perron des Brunetti, d'humeur aussi changeante que le vent, elle attendait. Ces gens, avec leur intransigeance, étaient tous plus insupportables les uns que les autres. Ils l'exaspéraient.

Elle discutait avec Greta, qui rejetait catégoriquement l'idée de faire des excuses à Vincenzo, quand le rugissement de la Lamborghini de celui-ci les avait interrompues.

Alessandra soupira. Si ce que Vincenzo lui avait rapporté était exact, Greta avait eu une attitude inqualifiable envers sa mère et lui. Même Massimo avait été outré. Comment cette femme, qui l'avait accueillie à bras ouverts, avait-elle pu être aussi abjecte envers deux malheureux, et les livrer à la rue ?

Greta faisait son possible, à l'époque, pour canaliser son fils Silvio, un monstre d'égoïsme menaçant de détruire la vénérable BFI et les vies de Leo et Massimo, mais cela n'excusait rien.

Alessandra, désespérée, haussa les épaules. Greta refusait également de comprendre que son mariage avec Vincenzo n'avait pas été un coup de folie et qu'elle ne pouvait pas rompre maintenant. C'était horripilant.

Vincenzo, nonchalamment adossé à sa Lamborghini, était très chic, comme d'habitude, et pourtant très simplement vêtu d'un pull en V et d'un jean. Les tenues savamment décontractées lui allaient à merveille. Elle avait rencontré nombre de top models masculins mais aucun ne lui arrivait à la cheville.

Avec sa suffisance habituelle, il tourna les yeux vers elle.

— Je croyais qu'un chauffeur devait venir me prendre, dit-elle.

Il se redressa et avança vers elle d'une démarche chaloupée.

— Oui, mais je voulais bavarder un peu avec toi. J'ai entendu ton discours au Sommet pour les Femmes. C'était novateur.

— Merci.

Il était tout près, désormais.

— Je ne pensais pas épouser un jour une femme aussi influente. Des galas de charité, des conférences, des défilés, des séances photo… Je me sens comme le pauvre mari qu'on délaisse.

L'admiration qui perçait dans sa voix la fit sourire.

— Tu n'es pas le pauvre mari *je ne sais quoi*, Vincenzo.

Elle tendit la main pour remettre en place la mèche que le vent avait soufflée dans ses yeux. Vincenzo recula.

Le chemisier en soie sans manches qu'elle portait était ajusté et découvrait cinq centimètres de peau au niveau de la ceinture. La doublure de sa jupe lui arrivait juste au-dessus du genou tandis que la jupe elle-même, en soie elle aussi, tombait jusqu'à ses pieds, lui caressant les jambes dès qu'elle esquissait un pas.

Elle avait un bouton en diamant à chaque oreille, une fine chaîne en or avec un pendentif autour du cou. C'était joli, discret. Ses cheveux, encore humides, étaient nattés, tout simplement. Elle était charmante. Sans fanfreluche, sans chichi.

— Tu es… différente des autres jours, dit-il.

— Tu veux dire *moche* ?

Craignant la réponse, elle s'arc-bouta, retint son souffle.

— Non, charmante au contraire. Tu es superbe quand tu défiles mais j'aime aussi cette version de toi.

— Tu me préfères quand je ne défile pas dans mes trois minitriangles de tissu, dis-le.

Son éclat de rire creusa deux sillons de chaque côté de sa bouche. Son regard gris se mit à briller comme du métal liquide.

— Si, si, comme ça aussi. Mais tu es plus vraie dans cette tenue. Je retrouve la femme que j'ai connue à Bali, le premier soir.

Du bout du doigt, il suivit les cernes sous ses yeux, qu'elle n'avait pas estompés aussi bien que l'aurait fait son maquilleur.

— Mais tu as l'air fatigué.

Sa voix était tendre, pour un peu elle s'y serait laissé prendre.

— D'après Anna, tu as un emploi du temps impossible.

Elle releva si brusquement la tête qu'il faillit lui mettre le doigt dans l'œil.

— Ton assistante ferait mieux de s'occuper de ses affaires.

Il la prit dans ses bras et la serra si fort qu'elle vacilla. Le soleil qui baissait le fit cligner des yeux.

— Tu en fais trop, Alessandra. Je n'ai pas besoin d'Anna pour m'en rendre compte.

— C'est mon rythme. Je veux faire tout ce que j'ai à faire pour me rendre totalement libre pour Charlie.

— Tu as de la peine, *cara*. Tu n'échapperas pas au chagrin en t'abrutissant. Personne ne peut faire en deux mois ce qu'il fait normalement en six. Lève le pied, tu dois faire plus attention à toi.

— Aussi loin que je m'en souvienne, je me suis toujours occupée de moi toute seule. Personne ne s'est jamais occupé de moi.

Il leva la main en signe de défense.

— Je ne dis pas cela pour te contrarier mais parce que je me fais du souci pour toi.

Elle se calma. Elle était avec Vincenzo, pas avec un des couturiers pour qui elle défilait et qui l'invectivait parce qu'elle avait perdu du poids et qu'il fallait reprendre la robe.

— J'ai mal dormi.

— Parce que je n'étais pas au lit avec toi ?

— Ce n'est pas ma faute si tu as refusé de passer la nuit ici. Leo et Massimo n'y faisaient aucune objection. C'était l'occasion de connaître un peu mieux tes frèr…

Elle le vit se raidir.

— … Ces hommes que tu détestes.

— Tu te crois maligne ?

— Pourquoi ?

— Tu t'imagines qu'en restant sous le même toit qu'eux je vais changer d'opinion sur ces… ?

— Je te l'ai dit… Je peux faire ce que je veux dans cette maison. J'ai une pièce qui me sert d'atelier ; je l'ai arrangée à mon goût. Je ne comprends pas que tu n'aies pas accepté. Aurais-tu peur de vivre sous le même toit que ces hommes que tu hais depuis toujours de crainte de découvrir que, tout compte fait, tu les aimes bien ? Pour ce qui est d'avoir mal dormi…

Elle se passa la langue sur les lèvres, déclenchant chez lui une réaction qu'elle perçut.

— Cela n'a rien à voir avec le fait que tu n'étais pas au lit avec moi. À propos de lit, as-tu vu la pub que j'ai faite pour le fabricant de sex toys ?

Il ronchonna et rougit un peu. Cette fois, ce fut elle qui éclata de rire. Pourtant, le cœur n'y était pas. Elle avait envie de lui physiquement, c'était certain, mais elle voulait aussi autre chose, une complicité, un lien plus profond. Et si Greta, finalement, avait raison ? Il n'était peut-être qu'un bon amant, un très bon amant, parfait pour la bagatelle, et rien d'autre.

Au fond, pourquoi l'avait-il épousée ? Pensait-il se servir d'elle pour approcher les Brunetti ? Comptait-il sur elle pour les trahir ? Ou n'était-elle qu'une chose qu'il volait à Greta ? Maintenant qu'elle le connaissait mieux, aucune de ces hypothèses ne lui semblait crédible. Alors, pourquoi ?

— J'ai vu la pub dont tu parles, puisque tu as eu l'amabilité de me l'adresser.

— Ah ? J'ai fait ça ?

La menteuse ! Elle savait bien qu'elle la lui avait envoyée ! Tourner cette publicité l'avait beaucoup amusée et l'adresser à Vincenzo encore plus. On voyait ses jambes nues émergeant d'un nuage de draps blancs vaporeux, le vibreur posé près d'elle.

Elle pouffa de rire.

— Ils m'en ont offert un. « Fais joujou », m'ont-ils dit. Il était joliment présenté dans un coffret doublé de velours rouge. On fait des choses formidables, aujourd'hui. La technologie a fait de ces progrès !

— Oui… bon… et alors ? dit-il d'un ton grinçant. Où veux-tu en venir ?

Son air crispé la fit rire intérieurement. Consciente de l'agacer, elle prit sa voix la plus dégagée pour poursuivre.

— Alors ? Tu m'avais dit que j'étais stressée et qu'il fallait que je me détende. L'autre nuit, comme je n'arrivais pas à dormir, j'ai pensé à cet appareil et me suis dit que j'allais l'essayer.

— Et ?

— C'était la première fois et…

Il se plaqua contre elle, lui leva les bras en l'air, les tendit loin derrière sa tête. Son souffle lui balayait les joues. Il l'écrasait, il était dur contre son ventre…

— À quoi joues-tu, *cara* ? Que cherches-tu au juste ?

Il lâcha ses mains et caressa la bande de peau restée nue au-dessus de sa taille.

— Je peux ? demanda-t-il. J'ai le droit ?

Elle se redressa, se blottit contre lui.

— C'est plutôt à moi de te demander à quoi tu joues, Vincenzo. Tu te sers de moi, depuis le début, pour mener ta campagne de relations publiques. Rien de ce que tu fais n'est sincère.

Il l'écoutait à peine, trop occupé à caresser, à palper, à pétrir cette peau, cette chair, ce corps dont elle s'ingéniait à le priver. Il avait empoigné ses hanches maintenant, et la pressait contre lui, impatient de lui faire sentir l'immensité de son désir.

— Tu crois que tu ne me manques pas, la nuit ? Tu crois que ta publicité ne m'a pas mis sens dessus dessous ? Tu crois que je n'ai pas cherché à me faire du bien, tout seul, en pensant à toi comme le font tes fans, ces voyeurs… alors que tu es à moi ?

Les mains sur ses hanches, il se plaqua contre elle, la serra et commença à se balancer avec elle d'avant en arrière, de plus en plus vite en poussant des gémissements de moins en moins discrets. Leurs râles de plaisir enflèrent jusqu'à troubler la quiétude de la nuit, emplir tout le silence.

Elle se mit à trembler.

— S'il te plaît, Vincenzo…

— S'il te plaît quoi, *bella* ?

Il mordilla son cou. Elle frotta ses cuisses l'une contre l'autre, pressée de sentir, là, entre les deux…

— Tu veux que je te fasse hurler de plaisir ici, à la vue des occupants de la maison ?

Elle lui empoigna les cheveux, nicha sa tête sous son menton, dans son cou.

— Si seulement j'avais pu ne jamais te rencontrer, gémit-elle en se tordant de désir. Si seulement…

Il lui caressa le dos, doucement, paresseusement.

— J'adorerais te donner ce que tu veux, ce que nous voulons tous les deux, mais qui détesteras-tu le plus demain matin ? Moi ou toi ?

Elle inspira profondément comme si elle manquait d'air. Il avait raison. Elle jouait un jeu dangereux qu'elle avait toutes les chances de perdre.

— Laisse-moi partir, dit-elle dans un souffle, la mort dans l'âme.

Il s'écarta d'elle, lentement, en parfait gentleman. Sans le moindre battement de cils qui puisse trahir ce qu'il pensait : qu'il avait gagné ce round.

La voiture s'éloignait de la maison. Alessandra, silencieuse, le visage tourné vers sa vitre, contemplait les sommets des Alpes et les lacs à la surface étincelante comme des écailles d'argent. Vincenzo, au volant, ne parlait pas non plus. Elle jeta un coup d'œil sur ses mains qui glissaient sur le volant avec beaucoup d'élégance. Dans la pénombre de l'habitacle, l'alliance en or qu'elle avait achetée dans la plus luxueuse joaillerie de Bali brillait à son doigt gauche.

Sentant son regard sur elle, elle tourna la tête.

— Peux-tu me dire pourquoi tu boudes, Alessandra ?

— Pas du tout. Je vais très bien.

— Je ne te crois pas. Je sais, j'ai perdu la tête comme chaque fois que je te vois. Mais tu étais déjà de mauvaise humeur.

Sa perspicacité ne la surprit pas.

— C'était la seule soirée que j'avais de libre en deux semaines, je n'apprécie pas que ton assistante m'ajoute des obligations sans me consulter. « Dîner important avec M. Cavalli. Tenue de ville », quelques heures seulement avant le départ, c'est un peu court. Il me faut plus de temps.

Décidément, entre elle et Anna, le courant ne passait pas.

Le joli village de Bellagio, avec ses rues pavées si

étroites que la Lamborghini frôlait les murs de chaque côté, la fit sortir de son silence.

— C'est ravissant, dit-elle. Quel bel endroit.

Mais elle se rembrunit aussitôt.

— C'est qui, ce personnage si important que nous allons voir ? Encore quelqu'un de BFI ? Un membre du conseil d'administration prêt à détrôner Leo et Massimo ?

— Pas du tout, *cara*. Nous allons chez un de mes vieux amis. J'aime beaucoup Antonio. Je lui avais dit que je ne voulais pas de fête mais il en a quand même organisé une avec quelques amis pour notre mariage. Alors, sois gentille, ne boude pas. Tu n'as aucune raison de les faire profiter de notre différend.

Étonnée, elle ricana qu'elle ferait comme s'il était son morceau de ciel bleu, le chéri qu'elle rêvait depuis toujours de rencontrer, l'amour de sa vie.

— Arrête de te moquer, Alessandra. C'est important. Je pensais te le présenter à l'occasion d'un petit dîner à trois, c'est raté. Ce que je te demande, c'est de ne pas parler, ce soir, de ta fuite pendant notre voyage de noces, ni de ton retour, ni du marché que nous avons conclu pour sauver ton petit frère. Antonio est très formel.

— Je suppose qu'il ne faut pas non plus dire un mot de ce que tu m'avais caché, ni de…

— Antonio connaît mon histoire. Il sait le but que je poursuis depuis des années. Il sait tout ce que j'ai fait.

Tout ce qu'il avait fait…

Subitement, c'était comme si elle recevait une clé pour ouvrir le monde secret de cet homme. Le comprendre mieux. Trouver un moyen de le stopper. De se convaincre qu'ils avaient eu raison de se marier. Que c'était un beau projet. Viable. Et qu'ils pouvaient encore éviter le naufrage.

Vincenzo gara la voiture au bord du lac. Une petite rue bordée de maisons de toutes les couleurs serpentait vers le centre du village. Alessandra allait ouvrir sa portière quand, tendant le bras en travers de sa poitrine, il la retint.

— Ça fait trois semaines que nous sommes en représentation, dit-il. Depuis que nous avons annoncé notre mariage. J'ai pensé qu'une soirée tranquille nous ferait du bien à tous les deux. Pas besoin de se précipiter chez Antonio.

— Tu ne pouvais pas me le dire plus tôt ?

— Bon sang ! Mais qu'as-tu pour être de si méchante humeur ?

— Il y a des choses que je ne peux pas pardonner, Vincenzo. Je n'y peux rien, je ne peux pas.

— Moi non plus ! Tu crois peut-être que j'oublie que tu es revenue vers moi par intérêt ? Tu n'oublies pas une seconde les liens que tu as avec cette maudite famille. C'est toi qui as voulu montrer au monde entier que tu étais capable de te poser, de mener une vie… normale. Je mens, peut-être ?

— Non. Mais ce mariage n'était qu'une opération de relations publiques pour toi. Il n'y avait qu'une photo de notre mariage à Bali, j'ai demandé à un badaud qui se trouvait là de la prendre. Et cette photo, tu l'as donnée à la presse – toi ou ta gracieuse assistante ? – sans m'en parler.

Il la regarda, incrédule.

— Je sais maintenant pourquoi tu t'es marié, dit-elle. J'ai essayé de ne pas y penser, de me persuader que ce que j'espérais n'avait plus d'importance. Que tout ça, c'est pour Charlie. Mais j'ai du mal. J'attendais tellement de notre…

Elle haussa les épaules.

— Mais cette photo… est importante pour moi. Ce mariage a été vrai… Enfin, pour moi. En fait, il a été le moment le plus vrai de ma vie et tu l'as utilisé à des fins diaboliques, pour manipuler… Tu me l'as volé.

Tu me l'as volé.

Vincenzo avait beau faire, les paroles d'Alessandra revenaient en boucle dans sa tête. Il avait beau saluer et sourire aux amis qui se trouvaient sur la terrasse d'Antonio, il ne pensait qu'à ces mots, qu'à la tristesse qu'il avait lue sur son visage quand elle lui avait fait ce reproche, plus tôt, dans la voiture.

Tu me l'as volé.

Il lui avait volé ce qui était le plus beau rêve de sa vie. Bon Dieu ! Pour du gâchis, c'était du gâchis ! Il n'aurait pas pu faire mieux.

Il la chercha du regard. Grande, belle, très élégante, elle souriait au milieu d'un petit groupe d'invités qui la buvaient des yeux. Soudain, un jeune garçon qu'il connaissait, Marco, s'approcha d'elle et lui dit quelques mots qui la firent rire. Elle posa sa flûte de champagne sur une console et montra son poing droit à Marco. Le muscle de son bras, le rose cuivré de sa cuisse quand elle releva un pan de sa robe pour se mettre en position de boxer et le plaisir qui se lisait dans ses yeux quand, poing contre poing, elle marqua sa complicité avec Marco… Elle était incroyablement sexy.

Il remarqua que les personnes avec lesquelles il travaillait la voyaient d'un autre œil maintenant, qu'ils révisaient leur jugement. Surpris par sa simplicité, ils prenaient conscience qu'elle était bien plus que ce que son apparence laissait à penser.

— Je ne te voyais pas avec une femme comme elle, dit Antonio, lui tendant une coupe de champagne.

Vincenzo regarda son ami, celui qui avait su être là quand il était perdu. Pas seulement pour l'aider moralement. Il lui avait prêté l'argent dont il avait besoin pour débuter. Vincenzo lui devait tout.

Ça a été le moment le plus vrai de ma vie.

Soudain, il comprit ce qu'Alessandra avait voulu dire

et, submergé par les regrets, but sa coupe de champagne d'un trait.

— Tu me voyais avec une femme comment ? rétorqua-t-il.

Antonio haussa les épaules. Un sourire passa sur son visage.

— Tu as choisi un mannequin international, Vincenzo. Les fêtes, les robes haute couture et la grande vie… Le strass et les paillettes… Du vent, Vincenzo. Du vent !

Déçu d'entendre Alessandra réduite à une bimbo, Vincenzo se rebiffa.

— Alessandra est bien autre chose qu'un simple top model. Je te trouve très sévère, Antonio.

— Nous sommes tous victimes de nos préjugés, non ?

Amusé par son propre commentaire, le vieil homme rit tout seul.

— Apprendre que tu te mariais a été un choc. Tu n'avais jamais dit avoir envie de prendre femme.

— C'est exact. Je n'y avais jamais pensé.

— Si j'avais su, je t'aurais présenté quelqu'un, dit Antonio, le regard tourné vers une autre femme.

Vincenzo se retourna. Cette autre femme était Anna, son assistante, qui se trouvait de l'autre côté du salon, raide comme un if, un sourire forcé aux lèvres. Que voulait donc dire Antonio ?

— Il te faut une femme solide, dure comme le roc, Vincenzo. Qui sache tenir sa place dans ta vie. Pas cette poupée futile et frivole qui arrive tout droit du pays des rêves.

— C'est ma femme, Antonio. Et Anna ne peut pas dire que j'ai eu envers elle la moindre attitude ambiguë. Tu es un homme, Antonio, tu dois comprendre.

Il porta de nouveau son regard sur Alessandra qui bavardait justement avec Anna.

— Tu veux dire qu'il n'y a pas que son physique qui est irrésistible ?

Vincenzo haussa les épaules. Même à Antonio, il ne dirait pas toute la vérité.

Qu'il était tombé raide dingue d'Alessandra dès qu'il l'avait vue et que cela ne se démentait pas.

Que sa fidélité envers les Brunetti le fascinait.

Que sa volonté de faire ce qu'il fallait pour son demi-frère touchait un point sensible chez lui.

Que son empathie quand il était question de lui le troublait énormément.

— Inutile pour l'instant de te tracasser pour ses liens avec les Brunetti. Ça te détourne de ton objectif, dit son vieil ami.

— C'est un casse-tête, pourtant. Ce que j'ai l'intention de leur faire la révulse. Elle essaie par tous les moyens de me faire abandonner mon projet. Enfin, je crois. Mais tu me connais, Antonio. Elle ne tient pas toute la place dans ma vie. C'est une douceur que je m'offre.

La vérité, c'était plutôt qu'il ne pouvait plus se passer d'elle, qu'elle l'obsédait, que lorsqu'elle le regardait avec ses yeux de biche enamourée il fondait et était prêt à lui promettre la lune.

Pour l'heure, il lui aurait promis n'importe quoi pour la voir sourire.

— Alessandra est un cadeau. La femme rêvée pour un homme décidé à conquérir le monde. Elle est la récompense après tous les combats que j'ai gagnés, et pour les suivants, que je vais aussi remporter.

— Tu la regardes avec des yeux… Comme si elle n'était pas ta femme. Comme si tu voulais encore plus.

Plus ? Plus de quoi ? Antonio voyait juste mais Vincenzo fit celui qui ne comprenait pas.

— Dis-moi, Antonio. On dirait que tu as oublié ce que c'est, de regarder une femme que tu désires. Je ne dis pas que je ne suis pas sous son charme.

— Le pouvoir qu'elle a sur toi m'ennuie. Tu lui pardonneras tout, tu oublieras tout pour lui plaire. Je suis vieux mais pas tant que ça. Je me tiens au courant de ce qui se passe. Elle t'a fait perdre des points, avec ce qui est paru dans la presse sur ton passé. Le monde des finances se demande d'où tu viens, comment tu as amassé ta fortune et dans quel but. Tu as perdu le soutien de deux hommes que tu avais dans la poche, ou presque. Il va falloir que tu repartes de zéro pour trouver d'autres candidats prêts à se confronter aux deux Brunetti.

— La fuite dans les journaux ne vient pas d'Alessandra.

— Tu lui fais confiance ?

— Oui.

— On travaille sans relâche depuis très longtemps pour faire plier les Brunetti, Vincenzo. Et ton mariage vient tout bouleverser. Pire, tu…

— Je veux ce qui m'a été refusé toute ma vie, une société florissante mais aussi un foyer, une dynastie. Que me restera-t-il quand j'aurai mis les Brunetti à genoux ?

Il sentait la colère monter en lui, il était fatigué et plein de rancœur, plus qu'il ne l'avait encore jamais été.

— Pour la première fois de ma vie, j'ai fait quelque chose pour moi. Ça n'a été ni une erreur ni une manœuvre stratégique.

Antonio ne voyait-il en lui que son esprit vengeur ? N'était-il rien d'autre qu'une arme pointée vers sa cible ? Un chaos intérieur qui n'avait cessé de grandir et de gronder en lui ? Une fêlure qui menaçait de craquer, comme chaque fois qu'il rendait visite à sa mère ?

Heureusement, il avait rencontré Alessandra. Une bouffée d'air frais. Une femme qui avait fait sa joie par ses rires et sa chaleur. Une femme qui lui avait fait songer à l'avenir.

— Aussi longtemps que ça ne te détourne pas de ton but, dit Antonio, implacable.

Cette rigueur inflexible avait maintenu Vincenzo debout, une sorte de colonne vertébrale qui lui donnait une indestructible confiance en lui. La confiance qu'Antonio lui avait insufflée l'avait mené au sommet du succès et aidé à surmonter les périodes de doute. Mais, aujourd'hui, elle résonnait comme l'écho douloureux d'un passé auquel il ne pouvait échapper.

— Ça ne veut pas dire que j'oublie. De toute manière, je ne peux pas, même si je voulais. Chaque fois que je vois maman…

Il regarda au loin. Sa blessure ne cicatriserait jamais. Dès qu'il voyait sa mère, elle se rouvrait.

— Fais-moi confiance, Antonio.

Le vieil homme posa lourdement la main sur l'épaule de Vincenzo.

— Je te fais confiance. Ce que tu fais n'est peut-être pas si mal après tout. Peut-être pourras-tu utiliser ta femme pour atteindre plus vite ton but ?

Vincenzo, écœuré, eut une sorte de rictus.

— Leonardo Brunetti et toi êtes dans un mouchoir de poche pour la présidence du conseil d'administration de BFI, n'est-ce pas ? Greta Brunetti détient des actions de BFI, non ? Si ta femme est vraiment dans les petits papiers de la vieille dame, elle pourrait la persuader de voter pour toi.

Pour la première fois de sa vie peut-être, un sentiment de dégoût fit bondir Vincenzo.

Je ne te laisserai jamais te servir de moi contre eux, lui avait dit Alessandra.

— Tu voudrais que Greta Brunetti trahisse ses deux petits-fils pour favoriser Alessandra ?

— C'est l'occasion de tester la fidélité de ta femme envers cette famille. De voir jusqu'où tu peux aller avec eux. Penses-y, Vincenzo. Plus vite tu gagneras cette guerre, plus vite tu morcelleras BFI et pourras jouir d'une vie heureuse d'homme marié.

Vincenzo en resta sans voix. Utiliser Alessandra et son

bonheur comme arme contre Greta Brunetti ? Il fit une moue dégoûtée. Il faudrait qu'il soit tombé plus bas que terre pour agir ainsi.

— J'aimerais rentrer, si tu veux bien, murmura Alessandra avec un sourire.

Il lui rendit son sourire.

— Tu sais, pour la photo de notre mariage dans la presse, je suis le seul responsable. Je l'ai fait spontanément. Je ne pensais pas que cela aurait une telle importance pour toi. Si j'avais su…

— Peu importe !

— Si, ça importe ! Ce que tu penses m'importe. Je commence à comprendre combien ce que j'ai fait t'a blessée. Sache, quand même, que lorsque je t'ai demandée en mariage je n'avais pas d'arrière-pensée.

Elle le regarda droit dans les yeux et soutint son regard.

— Promets-moi de ne pas te servir de moi pour régler tes comptes avec les Brunetti.

— Non. Notre mariage doit rester en dehors de tout ça. Allez viens, ma princesse. Viens danser avec moi.

Elle ne dit rien et ne bougea pas.

— La nuit est belle. Je veux danser avec ma très belle femme. Je veux montrer à tous ces hommes qui te regardent en salivant que tu es à moi. Rien qu'à moi.

Elle se décida enfin. Prit la main qu'il lui tendait. Et, avec un soupir, se laissa enlever.

Pour Vincenzo tout cessa alors d'exister. La foule autour d'eux, la musique, le clair de lune, plus rien n'existait que l'exquise sensation de tenir Alessandra dans ses bras.

Elle était fluide comme la soie qu'elle portait, souple, et son visage, qu'elle cachait dans le creux de son épaule, était tiède. Elle le tenait par le cou et son souffle chantait un doux murmure contre sa peau. De longues minutes, ils suivirent, en parfaite harmonie, le rythme du slow.

Tu me l'as volé.

— M’as-tu pardonné ? lui chuchota-t-il à l’oreille. Pour la photo à la presse.

— Tu ne changeras jamais.

La défiance de ces quelques mots l’assomma comme un coup de matraque.

— Je... Il y avait quelque chose entre nous quand nous étions là-bas, non ? Maintenant que nous avons pris pied dans la réalité, nous ne nous faisons plus confiance.

Elle releva la tête et le fixa. Puis elle s’écarta et retourna s’appuyer à la balustrade. Autour d’eux, l’assistance continuait à bavarder en les observant.

— Tu sais qu’elle est amoureuse de toi, dit-elle brusquement comme si elle sortait d’un mauvais rêve.

— De quoi parles-tu ?

Elle croisa les bras.

— De ton assistante. Anna. C’est évident. Elle pense... Ils pensent tous que je suis une méchante sorcière et que je ne te mérite pas. Mais dis-moi, vous êtes sortis ensemble ?

Incrédule, il regarda Alessandra puis Anna qui bavardait avec quelques personnes.

La remarque d’Antonio l’avait éclairé sur l’accueil glacial qu’Anna avait réservé à Alessandra.

— Il y a longtemps. Bien avant que je te rencontre. Et ça n’a pas été bien loin. J’ai tout arrêté quand elle a commencé à travailler avec moi.

— Je suppose qu’elle a toujours l’espoir que ça reprenne.

— C’est sûrement de ma faute. Je n’ai peut-être pas été assez clair. Je te jure pourtant que je ne lui ai jamais rien laissé espérer.

— Je te crois.

Elle le dit avec tellement de naturel qu’il la regarda, stupéfait.

— Elle m’a dit que tu avais fait faire des plans pour la villa Brunetti par un architecte. Que tu as l’intention d’abattre la maison pour en reconstruire une autre. Que tu comptes lancer une OPA sur BFI à l'occasion des fêtes du bicentenaire.

Il écarquilla les yeux, sidéré.

— Non. Elle n'a pas pu te dire ça.

Elle l'aurait trahi ?

— Comment le saurais-je, alors ? Elle me déteste parce qu'elle estime avoir un droit sur toi. Elle raconte que je t'ai volé à elle. Elle voudrait que je m'en aille.

— Tu es ma femme, Alessandra. Si Anna ne veut pas voir combien tu es importante pour moi, il faudra qu'elle parte. Je suis désolé qu'elle t'ait gâché ta soirée.

— Moi, je suis désolée que tu me caches tellement de choses. Tu ne m'as jamais parlé de tes projets pour la maison des Brunetti. Tu imagines – si notre mariage tient – que je pourrai vivre là, sur les ruines de leur villa ? Y fonder une famille ? De toute manière, Leo et Massimo ne céderont jamais leur propriété.

— C'est ce qu'on verra.

— Aucun amour ne peut vivre sur autant de haine.

— Je ne t'ai jamais demandé de m'aimer.

Il vit les yeux d'Alessandra se mouiller et mit cela sur le compte du vent.

— C'est pour ça que tu m'as épousé, *bella* ? Pour vivre un grand amour avec moi ?

Le ton était sarcastique, détestable.

Il était temps qu'ils parlent de l'avenir car il ne changerait jamais d'avis, même pas maintenant qu'elle était dans sa vie.

— C'est par amour que tu m'as quitté en plein voyage de noces, peut-être ?

Toujours le même sarcasme.

Il posa les mains sur ses épaules. Elle se raidit mais ne les repoussa pas.

— L'amour, c'est pour les imbéciles qui ne comprennent pas que la passion peut devenir du poison d'une minute à l'autre. La preuve, Anna risque de perdre sa situation. Par amour, ma mère a cru les belles promesses que lui faisait un monstre et trompé un homme qui l'admirait et la respectait.

— Antonio ?

— Oui. Et quand il a demandé à Silvio Brunetti de se comporter correctement avec elle, qu'il a osé demander à le rencontrer, Brunetti l'a écrasé comme une fourmi. Il l'a ruiné, a détruit sa famille et tous ceux qui ont tenté de l'aider.

Elle regarda la foule qui se pressait là. Elle commençait à comprendre.

— Tous les gens que tu as invités ce soir, tous ces gens dont tu t'es entouré, ce sont tous…

— Oui, ils ont tous été victimes, d'une façon ou d'une autre, des Brunetti.

— De Silvio Brunetti. Pas de Leo, ni de Massimo.

Elle recula, visiblement déstabilisée. Il ne l'avait jamais vue aussi mal à l'aise, contrariée, incrédule.

— Ils sont tous comme moi, dans la destruction, la vengeance.

— Si tu décidais de t'en aller maintenant, ils ne te laisseraient pas partir, je suppose ? Ceci explique leur froideur vis-à-vis de moi. Ils pensent que je vais te retourner.

— Je sais que non, dit-il avec force.

— À la fin, ce sera toi qui paieras, Vincenzo. Toi seul. Pas eux. Tu seras celui qui piétine les cendres du bonheur de ta propre famille, tu auras ruiné toute chance de renouer avec eux.

— Ma famille ? Crois-tu vraiment que je considère Leo et Massimo comme *ma famille* après tout ce que l'on m'a fait ? Qu'on deviendra des frères ? Tu es encore plus naïve que je ne le pensais. Ce n'est pas ma famille. Ils n'ont pas été là quand je crevais de faim. Quand ma mère est devenue l'ombre d'elle-même, sous mes yeux. Quand nous n'avions pas un centime pour la faire soigner.

— Mais tu…

— Ce n'est pas ton combat, *cara*. Laisse tomber.

— Et si ce combat nous atteignait nous aussi, Vincenzo ? S'il détruisait la chance que nous avons, peut-être, d'être heureux ?

— La réponse est entre tes mains, Alessandra. C'est à toi de choisir. Soit tu veux de ce mariage uniquement pour obtenir la garde de Charlie, soit tu le veux pour toi, pour nous. À toi de décider si c'est un marché… ou autre chose. Pour moi, en tout cas, rien n'a changé. Rien depuis l'instant où j'ai glissé l'alliance à ton doigt.

Et sur ces mots, il s'éloigna.

Une tension extrême lui nouait l'estomac. Il aurait pu insister davantage, lui rappeler combien ils s'étaient plu et se plaisaient encore mais il voulait la laisser choisir. C'était à elle de faire le pas vers lui. À elle de *le* choisir.

Lui ne voulait rien d'autre dans la vie.

Comme il rejoignait Antonio et les autres – des gens qui avaient toujours été de son côté, des gens qui le regardaient avec respect et admiration, des gens qui comptaient sur lui pour rétablir la justice après les injustices qu'ils avaient subies, il se dit, pour la première fois de sa vie, qu'il ne faisait plus partie de leur clan.

7.

Le vendredi soir suivant, en rentrant d'un séjour épuisant d'une semaine à New York pour voir Charlie, Alessandra découvrit une scène qu'elle n'aurait jamais imaginée.

Profitant de la belle soirée de septembre, Leo, Massimo et Greta dînaient au frais sur la terrasse, mais surtout il y avait, assis à côté de Massimo, Vincenzo. Il releva la tête dès qu'Alessandra pénétra dans la pièce. Malgré son air supérieur, un peu suffisant, il était encore plus séduisant que la dernière fois qu'elle l'avait vu.

Ils échangèrent des regards intenses, appuyés. Pendant quelques secondes, elle oublia sa fatigue, sa rancœur et ses incertitudes.

— Comment va ton frère, Alessandra ? lui demanda-t-il sans chaleur particulière dans la voix.

Elle cligna des yeux, sentit qu'elle rougissait.

— Il va bien. Je le trouve trop raisonnable pour un enfant de sept ans. Il ne pleure jamais, ne dit rien.

— On dit tellement aux garçons que pleurer c'est pour les filles, dit Massimo.

La remarque étonna manifestement Vincenzo.

— Notre père a été très dur avec Massimo, dit Leo.

Visage tendu, Vincenzo regardait tour à tour les deux hommes. Alessandra retint son souffle, persuadée qu'il allait s'insurger contre ces deux hommes qui évoquaient leur enfance malmenée par un homme qui l'avait abandonné, lui, Vincenzo.

Mais il ne releva pas. Peut-être était-ce sa façon de nier la douleur des frères qu'il considérait comme ses ennemis ?

— Charlie m'a dit qu'un des garçons de son école le harcèle. J'en ai parlé à un professeur qui va surveiller ça. Mais j'ai aussi dit à Charlie de se défendre. À coups de poing, si nécessaire.

Les trois hommes applaudirent, faisant retomber la tension ambiante.

— Viens t'asseoir, *bella*. À moins que tu ne repartes déjà, dit-il, un soupçon de reproche dans la voix.

— Il fallait que je règle les affaires de ma mère à New York. Son mari avait beaucoup de biens. Sans compter que Charlie se sentait abandonné. Je t'ai prévenu que je partais.

— En effet, cinq minutes avant de décoller ! Si je l'avais su plus tôt, je t'aurais accompagnée, Alessandra. Ça aurait été bien pour Charlie, et pour les juges.

Il avait raison. Leur présence à tous les deux aurait rassuré Charlie.

Elle se frotta les yeux.

— Je suis désolée, tu n'as sans doute pas tort. Je n'y avais pas pensé.

Greta reposa bruyamment sa fourchette sur son assiette.

Vincenzo prit les doigts d'Alessandra et les serra mais, agacée, elle retira aussitôt sa main.

Trois paires d'yeux suivaient leur manège.

— Qu'est-ce qui t'a finalement décidé à venir ? demanda-t-elle, prenant un verre de vin.

— Je commençais à m'ennuyer tout seul là-bas, le soir.

— Je l'ai invité, dit Leo. Neha m'a rappelé que nous ne sommes responsables de rien, dans cette histoire. Alors, je le répète devant lui, Alessandra, ni Massimo ni moi ne te demandons de te battre pour nous. Maintenant, si tu n'es pas satisfaite de ce mariage, si pour quelque raison que ce soit tu veux y mettre un terme, nous te suivrons.

La fureur qu'elle vit dans les yeux de Vincenzo, jusque-là impassible, lui fit peur.

— Vous êtes en train de dire à ma femme, devant moi, que si elle veut me quitter vous l'aiderez. C'est quoi, ce jeu, Leonardo ? Quand je pense qu'Alessandra fait tout ce qu'elle peut pour me persuader de ne pas vous ruiner !

Leo ne cilla pas.

— Aucune menace ne me fera oublier mes priorités, Cavalli. Vous pensez que vous avez eu la vie dure ? Vous n'avez pas eu notre père pour vous farcir la tête de venin alors que nous savions à peine distinguer le bien du mal. Vous n'avez pas eu à désapprendre les mensonges inventés pour expliquer les raisons du départ de notre mère. J'ai dû nous protéger de lui, ma famille et moi-même, alors que j'étais à peine adulte. Alessandra fait partie de notre famille, depuis longtemps.

Vincenzo ne pipa mot. Les deux frères continuèrent à parler, d'un ton nettement plus détendu, de la fête à organiser à l'occasion du bicentenaire de BFI.

Elle ne leur avait rien dit du projet de Vincenzo pour abattre la maison et la reconstruire, ni de BFI. Elle ne voulait pas être celle qui donne les mauvaises nouvelles, surtout quand elle n'y pouvait rien. Heureusement, ni Leo ni Massimo n'étaient là quand elle était revenue ce soir-là, bouleversée par ce qu'elle avait appris.

— Tu as noté la date de la fête, Alessandra ? demanda Massimo, inquiet. Il y aura des journalistes, évidemment, et un photographe pour la photo de famille. Ils ont l'intention de tourner un documentaire sur BFI.

— Je pense que je ne participerai pas, dit Alessandra.

Vincenzo posa la main sur la sienne.

— Bien sûr que si, elle participera. Nous serons tous les deux là pour fêter le succès de la vénérable institution qu'est BFI. Surtout ce jour-là.

Si Greta comprit qu'il se moquait, elle n'en laissa rien

paraître. Tranquillement elle repoussa sa chaise et se leva. Elle posa la main sur l'épaule d'Alessandra et s'en alla. Sans un mot.

Leo et Massimo lui emboîtèrent le pas. Une fois seule avec Vincenzo, Alessandra se tourna vers lui.

— Que fais-tu ici ? C'est quoi encore, ce nouveau jeu ?

Furieuse, elle claqua son verre sur la table, éclaboussant ses doigts.

— Je ne vois pas pourquoi je vivrais à l'hôtel, comme un célibataire paumé, alors que j'ai une femme ici, à la villa.

— Dis plutôt que tu voulais tourmenter Greta chez elle. Maintenant, si tu t'imagines lui arracher des remords pour ce qu'elle a fait dans le passé, tu peux toujours attendre. Pour elle, le passé, c'est fini. Elle s'est débrouillée comme elle a pu avec les dégâts que cet égoïste de Silvio a causés, et cela l'a endurcie.

— Les dégâts sur lesquels ma vie s'est construite… Des ruines.

— Je ne te demande pas de lui pardonner.

— Tant mieux. Je détesterais te décevoir.

— Vraiment ? J'ai pourtant l'impression que tu te fiches de tout.

C'était assez. Tous ces morceaux formeraient-ils un jour un tout ? Serait-elle éternellement tirée à hue et à dia, incapable de savoir à quel clan accorder sa fidélité ?

Elle recula sa chaise.

— Je m'en vais, je dois me préparer. J'ai une séance photo à Milan. Il faut que je montre ma bobine. Je t'assure que ça ne m'enchante pas.

Il la suivit.

— J'ai appelé ton agent, j'ai annulé la séance.

— Quoi ? Mais de quel droit ? demanda-t-elle, pilant sur place.

— Alessandra, tu ne tiens plus debout. Un souffle de vent et tu tombes.

— La faute à qui ? se rebiffa-t-elle. Je viens de passer une semaine à trier les affaires de ma mère. À voir ce que je garde, ce que je donne. Pour Charlie. Toute une vie dans des cartons, Vincenzo. Et je suis revenue. Je sais pourquoi tu ne peux pas pardonner à Greta ce qu'elle vous a fait, à ta mère et à toi. Mais as-tu pensé une seule minute que j'ai peut-être besoin de toi ? De m'appuyer sur toi ?

— Bien sûr.

— Je suis idiote. Comment ai-je pu imaginer que te faire venir ici était une bonne idée ? Tu as raison, je suis pathétique et…

Il la serra si fort dans ses bras qu'elle cessa de trembler.

— *Chut,* mon trésor. *Chut*, respire, Alessandra.

— Quelquefois je me sens tellement seule. Je peux courir, marcher ou faire n'importe quoi, à la fin je suis seule, c'est terrifiant.

— Regarde-moi, *bella*. Pense à moi. Rien qu'à moi.

Il lui releva la tête. La panique qui l'avait envahie s'était dissipée. En revanche, elle pleurait. Il la serra plus étroitement encore, comme s'il tenait l'objet le plus précieux qu'il ait jamais eu entre les mains.

— Tu n'es pas seule, Alessandra. Je suis là. Je suis désolé, tu avais raison. J'oublie toujours ce que tu as traversé.

À cet instant, il était le havre qu'elle avait espéré toute sa vie. Il était le prince qu'elle avait toujours attendu. Il tenait son cœur dans ses mains.

Elle ne voulait rien de plus que ce qu'elle avait là. Ce corps contre lequel elle était blottie. Cet homme avec qui partager le chagrin qui l'étouffait parfois. Rien de plus que se donner corps et âme à cet homme.

Mais la fille que sa propre mère avait considérée comme une expiation, la fille qui s'était toujours demandé ce qu'elle avait fait de mal, la fille dont le cœur avait été sérieusement meurtri ces derniers mois, releva fièrement la tête.

Elle plongea len regard dans les yeux gris magnétiques qui la fixaient.

— Pourquoi ? Pourquoi fais-tu comme si ce mariage avait de l'importance pour toi ?

Épuisé par le doute qu'il entendait chaque fois qu'elle s'adressait à lui, il jura.

— Parce qu'il est important.

Il se passa la main dans les cheveux.

— Parce qu'il m'a fait entrevoir la possibilité d'un avenir. Toute ma vie, j'ai eu pour seul projet de mettre les Brunetti à genoux. Je suis allé à Bali par curiosité. J'étais curieux de toi et du rôle que tu jouais chez ces gens-là. Mais quand je t'ai vue, quand on s'est rencontrés, je… Cela ne m'était jamais arrivé avec une femme. Non, je ne vois aucun précédent dans ma vie.

Elle inspira profondément, à se brûler les poumons. L'air autour d'elle n'était qu'un bouquet de fragrances. Les sons et les parfums qui foisonnaient autour d'elle lui redonnaient envie d'espérer.

Il avait raison. Elle ne pouvait pas rester ainsi, à nager entre deux eaux, hésitant entre sa famille et lui. Il fallait qu'elle choisisse. Et c'était lui qu'elle voulait choisir. Elle voulait faire le lien entre lui et eux. Être la passerelle qui leur permettrait de se rejoindre. Elle voulait espérer que les choses s'arrangent et que tout le monde s'accorde. S'aime.

— Tu veux vraiment passer du temps avec moi ?

— Je n'ai pas dû passer plus de quelques heures avec toi depuis notre mariage. Soit tu remplissais un de tes contrats, soit tu *les* protégeais de moi, soit tu t'occupes de Charlie à l'autre bout du monde.

Son pouce sur sa joue courait sur ses cernes. Elle était fatiguée, à peine maquillée.

— Je penserais être un mari délaissé si je ne voyais pas que tu te négliges toi-même.

Elle haussa les épaules sans repousser sa main. Elle

la voulait sur sa joue, sur tout son visage, elle voulait ses caresses. Elle était épuisée, lassée de se battre. Elle voulait être tenue, serrée. Par lui. Ce besoin lui tordait le ventre, lui faisait mal partout.

— Nous sommes tous les deux très pris, dit-elle dans un murmure.

— Tu me manques, *bella*. Pourquoi crois-tu que je suis ici ? Tu me manques. Je veux passer tout mon temps avec toi.

Il semblait tellement sincère, il la regardait avec des yeux si brillants qu'elle reprit espoir. Mais la douche écossaise de la semaine précédente lui revint en mémoire.

— Tu veux dire que tu as envie de faire l'amour. C'est ça qui te manque.

— Oui.

Gêné, il s'ébouriffa et corrigea.

— Oui et non. Ce qui me manque, c'est faire l'amour avec *toi*.

Sur ces mots, il se pencha sur son visage sans chercher à cacher ce qu'il avait en tête. L'eût-il voulu, l'éclat de ses yeux le trahissait.

Une décharge les électrisa tous les deux. Elle releva la tête et, sentant qu'elle tanguait, se raccrocha à son cou. Alors elle oublia tout, réserve, pudeur, et se mit à onduler contre lui. Tout son corps, chacune de ses cellules criait oui.

Il empoigna ses hanches et les pétrit. Elle sentit ses cuisses contre les siennes, ses cuisses dures qui tentaient de se frayer un chemin entre ses jambes. C'était excitant.

— Arrête de toujours partir, Alessandra, lui dit-il à l'oreille.

Il posa la bouche sur sa joue, son souffle lui caressait la peau. Le cœur battant à se rompre, elle lui tendit ses lèvres, mais au lieu de les prendre, il se figea.

Interdite, elle s'immobilisa à son tour.

— Tu as du sommeil en retard, *bella*. On se rattrapera plus tard.

Vincenzo ferma doucement la porte d'Alessandra derrière lui et, préoccupé par la maigreur de son visage, remonta le couloir qui menait à la pièce qu'il avait, provisoirement, aménagée en bureau.

Le désir, il comprenait. Elle était appétissante, excitante et comblait son goût pour le sexe.

Mais l'émotion qu'il avait eue en la voyant endormie sur le lit, tout habillée, des cernes sous les yeux, cette émotion-là, il ne la comprenait pas.

Complètement ailleurs depuis le début de la visioconférence avec les deux membres les plus influents du conseil d'administration de BFI, tous deux recrutés par Leo, il avait du mal à écouter Massimo, qui l'avait rejoint dans le bureau.

— Vous ne trouverez rien contre Leo. Ni contre moi, d'ailleurs, Cavalli.

La visioconférence prit fin. Contrarié, Massimo ferma son ordinateur portable d'un geste sec.

— Ne faites pas offense à mon intelligence, Cavalli. Cela fait des semaines que vous vous donnez un mal de chien pour trouver des poux à Leo. Ceux qui vous suivent sur ce terrain sont aussi ceux qui ont été en désaccord avec lui quand il a monté un comité d'éthique. Ce sont toujours eux qui ont refusé de céder une miette de leurs dividendes pour assainir le bilan de la société après les dégâts causés par Silvio.

Massimo prit son portable et traversa la pièce.

— Pour quelqu'un qui déteste le nom de Brunetti et tout ce qui va avec, vous leur ressemblez étrangement !

Comme s'il avait reçu un coup de poing en pleine poitrine, Vincenzo suffoqua quelques secondes.

— Non ? insista Massimo. C'est typique des Brunetti, de détruire ceux qui pourraient les sauver. Vous ne l'avez pas constaté dans les recherches que vous avez faites sur nous ? Natalie ne vous a pas dit que j'ai failli la perdre tellement j'ai merdé – excusez ma grossièreté. C'est ça que vous êtes en train de faire avec Alessandra. Notre père… Oui, *notre* père – il appuya sur le mot – s'est séparé de deux femmes qui auraient pu le détourner de son entreprise de démolition. Songez-y et vous verrez que vous êtes vraiment son fils. Vous lui ressemblez plus que Leo et moi réunis !

À vif, vacillant sur ses certitudes, Vincenzo resta sans voix. Ce que venait de lui dire son « frère » lui avait fait l'effet d'une giclée de vitriol. Détruire les Brunetti et tout ce qui gravitait autour était son unique but depuis des années. Depuis toujours. De nombreuses personnes comptaient sur lui. Pourtant, ces Brunetti commençaient à lui apparaître sous un jour différent. En dépit des attaques qu'il avait menées contre eux, ils ne semblaient pas lui en vouloir. Ils l'avaient même invité chez eux, dans cette maison qu'il lui tardait de démolir. De toute évidence, ce qui leur importait par-dessus tout était le sort qu'il réservait à Alessandra. Pas à eux.

Depuis toujours, il voulait corriger une injustice flagrante mais il n'avait pas l'intention de faire du mal à une innocente. Il se sentait piégé, coincé entre son passé et le présent. Entre ses résolutions et son égoïsme.

Et la femme qu'il avait épousée sur un coup de tête était prise avec lui dans ce chaos. Il la détruisait.

Alessandra arpentait, indécise, l'immense bureau de Leonardo chez BFI. Il fallait qu'elle se décide. Vincenzo avait raison. Qu'elle soit sur place signifiait qu'elle avait quasiment pris sa décision.

Mais elle ne pouvait pas laisser les choses en l'état. Pas

après avoir appris le mal que Silvio avait fait à Antonio et à d'autres. Pas maintenant qu'elle comprenait le calvaire qu'avait vécu Vincenzo, et qui expliquait son désir viscéral de justice.

Elle savait maintenant ce qui dopait sa volonté destructrice. Il avait tort mais elle ne pouvait pas le laisser tomber. Elle ne pouvait pas non plus rester là, les bras ballants, s'il y avait une chance de l'aider à panser ses plaies.

— Vous pensez vraiment ce que vous disiez, hier, à la maison ? demanda-t-elle.

Leo et Massimo se retournèrent comme un seul homme. Derrière eux, le ciel de Milan était zébré de nuées orangées et bleues. Ils semblaient vraiment soucieux.

— Alessandra ? Tu es sûre que tout va bien ? demanda Leo, se levant de son bureau.

Sa cravate était défaite et sa veste accrochée au dossier de son fauteuil. Il avait les traits tirés.

— Je suis désolée, je n'aurais pas dû venir, répondit Alessandra. Je sais que tu te fais du souci pour les futurs bébés et pour Neha. J'ai appris qu'elle a de la tension.

Voyant qu'elle allait partir, Massimo se précipita pour lui barrer le passage.

— Non, *bella*. Ne t'en va pas.

— Bien sûr que je pensais ce que j'ai dit, affirma Leo avec force.

Il posa la main sur l'épaule d'Alessandra.

— Ce combat n'est pas le tien. Tu ne nous dois rien, Alessandra.

Elle se retourna. Leo avait toujours été franc avec elle, et juste ; il s'était juré de ne pas ressembler à son géniteur.

— Dis-nous ce qui te préoccupe, Alessandra. Libère-toi.

— Je... je déteste les non-dits, bafouilla-t-elle. Je sais que vous ne pardonnez pas à Vincenzo ce qu'il vous fait. Ce qu'il vous a fait. Aujourd'hui, moi je le comprends. Cela fait des années qu'il est enfermé dans un désir de vengeance, qu'il se bat pour tous ceux qui n'ont pas la parole… qui n'ont pas les moyens de se défendre. Je sais qu'il se trompe d'ennemis mais il a ses raisons, et elles sont valables. Je vous en supplie, croyez-moi, ce n'est pas un… monstre. Si c'est ce que vous pensez, je romps tout de suite avec lui. Je ne pourrais pas rester mariée avec cet homme, sachant que vous pensez ça de lui. Vous êtes trop importants pour moi. Vous êtes ma famille.

— Cela ne changera pas, Alessandra. Nous savons, nous, que ce n'est pas un monstre, dit Massimo. Même si nous oublions, Neha se chargera de nous le rappeler tous les jours. Un homme qui aidé une adolescente perdue ne peut pas être…

— Me pardonnerez-vous si je reste avec lui ? l'interrompit-elle, impatiente d'obtenir leur accord.

Massimo siffla entre ses dents et Leo le fusilla du regard.

— Pas besoin qu'on te pardonne, Alessandra. C'est ta vie. Ton bonheur. Quoi que tu décides, nous t'aimerons toujours. À condition, bien sûr, qu'il ne te rende pas malheureuse.

— Je sais que non ! s'exclama-t-elle sans réfléchir, sans savoir comment elle pouvait en être sûre.

Elle avait été trop trimballée dans la vie, à fuir, à se battre, sans jamais savoir si sa mère reviendrait… Elle ne pouvait pas, en plus, laisser passer sa chance avec Vincenzo.

— Je sais qu'il ne me rendra pas malheureuse, Leo. Il a ses raisons pour agir comme il le fait. Des tas de raisons. Pour l'instant, il a une obsession mais il faut la dépasser. Je vais tenter de rester avec lui. Je sais qu'il le mérite.

Massimo la prit dans ses bras.

— Cela fait longtemps qu'on se prépare au pire, *bella*. Bien avant qu'il n'entre dans ta vie. Et même s'il nous prend tout ce que nous avons créé, nous recommencerons. Il ne fera pas de nous des va-nu-pieds, fais-nous confiance.

Des larmes plein les yeux, elle réussit à sourire.

Pourquoi Vincenzo ne voyait-il pas qui étaient ces hommes ? Comment ne voyait-il pas que, en dépit des actes odieux de Silvio Brunetti, ses deux demi-frères partageaient les mêmes valeurs que lui ? Ces valeurs qui guidaient sa vie depuis toujours.

— Tout bien pesé, BFI et la maison n'ont pas d'importance. Massimo et moi avons appris la leçon, même si elle est cruelle. Mais peu importe. Neha et les bébés, Natalie… et tous ceux qui comptent le plus pour nous seront toujours là même si Vincenzo nous prend tout. Donc, sois tout à fait tranquille et fais ce qui te semble bien pour toi. Agis selon ton cœur, Alessandra, nous te suivrons toujours, d'accord ?

Alessandra alla vers Leo et se laissa étreindre. C'était ça, la famille. Et c'était ce que Vincenzo n'avait jamais connu. C'était ce qu'elle voulait construire avec lui, pour elle, et pour Charlie. Pour Vincenzo, aussi.

C'était décidé, elle allait faire le pas.

8.

Vincenzo ouvrit la porte. D'abord désorienté, il se ressaisit vite et entra. Il avait laissé quelques jours à Alessandra pour se reposer et elle était venue ici comme pour le fuir, pour fuir tout le monde.

L'atelier offrait une vue spectaculaire sur le lac. Il était éclairé comme un château et un désordre indescriptible y régnait, à croire qu'une tornade était passée par là.

Des cartons, certains fermés, la plupart ouverts et débordants de tissus de toutes les couleurs, traînaient partout.

Sur une grande table en acajou – difficile d'en être sûr tant elle était encombrée – étaient ouverts des cahiers à dessin, des carnets de croquis et toutes sortes de papiers. Vincenzo feuilleta un des carnets. C'était des modèles de tous les styles, des centaines et des centaines d'esquisses au fil des pages, depuis des robes de soirée jusqu'aux tenues les plus décontractées, en passant par des ensembles pour être chic même au bureau. Dans un angle de la pièce se trouvaient deux machines à coudre dignes de professionnels, et des portants chargés de robes et d'accessoires à divers stades de finition.

Son attention fut attirée par une liasse de feuilles de papier portant toutes le même logo, deux A entrelacés, mais de différentes tailles. Il allait appeler Alessandra quand un hoquet lui provint du fond de l'immense atelier.

Tant bien que mal, il enjamba le désordre en direction du fond de la pièce, qu'un claustra divisait en deux.

Alessandra était là, assise par terre, une bouteille de vin rouge et un verre à demi vide posés près d'elle. Elle lui tournait le dos. Elle portait un haut en dentelle, généreusement échancré dans le dos, qui laissait voir sa belle peau bronzée. Comme chaque fois qu'il la voyait, il retint son souffle tant le spectacle était charmant, et s'efforça de calmer l'excitation qui le gagnait.

— Alessandra, dit-il doucement.

Elle lui lança un coup d'œil par-dessus son épaule et se détourna. Ses yeux brillaient anormalement.

Des larmes ?

Il baissa les yeux. Pour être confortablement assise, elle avait écarté les pans de sa robe en soie, dégageant ses longues jambes de star.

Il s'agenouilla près d'elle, une main sur son épaule nue.

— Oh ! mais tu es gelée !

Elle repoussa sa main.

— Ce n'est pas nouveau. J'ai tout le temps froid, dit-elle d'une voix manifestement chargée de larmes.

En effet, à Bali, elle avait toujours les pieds froids et elle les réchauffait, la nuit, entre ses chevilles.

— Tu sais, quand on s'est rencontrés à Bali…, dit-elle. Non, c'est idiot.

Et elle se tut.

— Quoi à Bali ?

— Je trouvais très romantique que tu aies toujours chaud. Comme si tu avais un volcan en toi ! J'y ai d'ailleurs vu un signe. Que tu me réchaufferais toujours. Pour le restant de notre vie. Tu te rends compte de ma bêtise !

— Ce n'est pas bête, *cara mia*.

Elle remit en place une mèche de cheveux rebelle, dégageant ainsi ses épaules. Elle avait ses diamants aux oreilles et un joli collier. Avec ces bijoux et sa robe de dentelle et soie, couleur ivoire, on aurait dit une mariée.

Pour leur mariage elle ne s'était pas mise sur son trente

et un comme aujourd'hui. Mais la cérémonie avait été quelque peu improvisée.

— Ça va, ma princesse ?

Il prit la bouteille et regarda le niveau.

— Je ne savais pas que tu buvais.

Elle haussa les épaules.

— Non, en général je ne bois pas mais ce soir je m'en moque.

Elle lui arracha la bouteille et but au goulot.

— Tu devrais te méfier de moi, je suis méchante quand je suis ivre.

— Je vais prendre ce risque, dit-il d'un ton léger.

Elle s'ébouriffa les cheveux de ses doigts tremblants, s'essuya le nez sur le bras.

Ému par sa détresse, il lui caressa la main.

— Parle-moi, *cara mia*. Que se passe-t-il ?

Elle secoua la tête. *Non.*

— Tu ne veux pas me dire tes secrets ? demanda-t-il, insistant mais d'un ton toujours léger.

Son regard était fiévreux et étrangement intense. Trop vif pour une personne prétendument ivre. Avec ses cheveux qui s'échappaient de son espèce de chignon et sa robe relevée jusqu'en haut des cuisses, elle aurait pu passer pour une souillon. Justement non, elle trouvait le moyen d'être très féminine et diablement excitante.

Elle se lécha les lèvres, aggravant l'envie qu'il avait d'elle.

— Et si je voulais des choses que je ne peux pas avoir ?

— On fera ce qu'il faut, répondit-il.

— Et si le vin ne me fait rien, tu m'aideras, Vincenzo ? Est-ce que…

— Parle-moi de ton atelier, dit-il en lui coupant la parole.

— Ah, ah ! Tu fuis. C'est toi qui as peur maintenant.

— Je te donnerai tout ce que tu veux, Alessandra. Même si c'est te posséder, te prendre comme une brute pour que tu oublies le chagrin que je vois dans tes yeux.

Mais ensuite, quand tu te réveilleras demain matin, endolorie, même si c'est d'une douleur exquise, ton chagrin sera toujours là. À t'attendre.

Elle s'essuya la bouche d'un revers de main.

— Je déteste quand tu es raisonnable.

Il soupira.

— Je déteste quand je dois être raisonnable alors que tu me proposes de faire l'amour.

Elle fit la grimace.

— C'est mon atelier, ici. Leo l'a aménagé pour moi. Il ne voulait pas que je me sente exclue.

Le seul nom de Leo le glaça.

— Il avait transformé une des caves à vin pour Massimo, rénové la serre pour lui. Quand il a vu que j'entassais des kilomètres de tissu dans ma chambre, il a arrangé cette pièce. Il avait vingt ans à l'époque, il m'a toujours protégée.

Vincenzo serra les dents. L'évocation de ce Leo…

— Et tu dessines quoi ?

— Des robes du soir, principalement. Je recycle des robes vintage… J'adore ça.

Une larme coula sur sa joue.

— En fait, j'adore et je déteste. Parce que ça me fait trop penser à ma mère. C'était une excellente couturière, bourrée de talent. Une véritable artiste. Je crois qu'elle m'a *au moins* transmis ça. Elle m'a appris à coudre quand j'étais petite. Tous les cartons que tu vois là, c'est à elle. Regarde, son nom est écrit dessus. Alyssa. J'ai voulu les donner, m'en débarrasser, mais je n'ai pas pu. Je suis une sentimentale refoulée.

Elle se força à rire.

— La robe que tu portes, c'est elle qui l'avait faite ?

— Oui. Les bijoux, c'est le notaire qui règle la succession qui me les a remis. Je… Apparemment, c'était le cadeau de mariage qu'elle comptait me faire. Quand je pense que je ne lui ai même pas annoncé que je m'étais mariée ! Quand je t'ai quitté, à Bali, elle m'a retrouvée par le biais de Javier et m'a écrit. Elle voulait qu'on se voie. Je lui ai répondu que c'était un peu tard, qu'elle ne faisait plus partie de ma vie. Je sais, j'ai été cruelle. Et une semaine plus tard, elle était morte !

Il lui frotta les mains pour la réchauffer.

— Elle a trompé mon beau-père. Tu le savais ça ? Avec mon vrai père, le second mari de ma grand-mère. Ils s'étaient disputés, elle est partie, a rencontré Carlos à Milan, a eu une aventure avec lui et est retournée chez son mari… enceinte de moi. Finalement, Steve lui a pardonné… Enfin, plus ou moins. Il m'avait sous les yeux, j'incarnais l'infidélité de sa femme. Mais il n'était pas méchant avec moi. C'est elle qui l'était. Je crois qu'elle ne s'est jamais pardonné son écart. Pour elle, j'étais la punition pour son péché.

Il lui embrassa les mains et les frotta de nouveau.

— C'est à treize ans que j'ai appris tout ça. À ce moment-là, j'ai compris pourquoi elle ne m'aimait pas. J'ai pris contact avec Carlos et je suis allée vivre avec lui en Italie. Je ne voulais plus être considérée comme le produit d'une… inconduite. Un secret honteux. Une arme que ma mère et Steve brandissaient dans leurs disputes. Mais tu sais ce qui est bizarre ? Je lui ai fait les trucs les plus odieux pour la faire enrager et malgré ça elle m'a toujours manqué !

Alessandra était intarissable, se raconter semblait lui faire du bien. Elle ne reniflait plus, ne pleurait plus.

— Je suis devenue de plus en plus proche de Greta. J'ai décidé de devenir mannequin pour faire bisquer ma mère, parce que je savais qu'elle n'approuverait pas. J'ai refusé de lui rendre visite, malgré les appels de Steve. Je voulais lui faire du mal. En fait, c'est moi que je faisais souffrir.

Elle se remit à pleurer. Se sécha le nez.

— Après la naissance de Charlie, elle a voulu reprendre

contact avec moi. J'y suis allée, pas pour pactiser avec elle mais pour voir Charlie. Je me demandais comment elle allait l'aimer. Elle l'aimait, ça se voyait dans ses yeux. Elle l'adorait, ce bébé. Moi qui n'avais jamais connu ça, ça m'a dévastée encore plus. Je l'aime beaucoup maintenant mais, quand il est né, j'ai été très jalouse de lui. Tu peux croire ça ? Ce petit bout d'homme avait tout ce qui m'avait été refusé. Et puis elle est morte, et Charlie a tout perdu.

— Chut, mon trésor. Tu n'y es pour rien. Remords et culpabilité font un cocktail dangereux.

Elle éclata en sanglots. Il essaya de la consoler, en vain. Son chagrin lui pesait d'autant plus qu'il en était également responsable.

— Si je te disais qu'elle me manque à peine… Je dois être un monstre.

Il la serra dans ses bras et la berça.

— Non, Alessandra, tu n'es pas un monstre.

Elle lui serra l'épaule.

— Tu as raison, je suis impulsive et je fuis les conflits. Parfois, je me fais peur. Je me demande si je suis vraiment la personne qu'il faut pour Charlie. Et si ma jalousie refait surface ? Et s'il s'en rend compte ? Et s'il s'imagine que je ne l'aime pas ? Et si tu avais raison et que je sois allée un peu vite ? Il n'a que sept ans, il en a déjà vu beaucoup. Je ne veux pas en rajouter.

Une peur alarmante déformait sa voix. Vincenzo la força à le regarder. Avec ses yeux bouffis, ses cheveux dans tous les sens, elle était la créature la plus vraie qu'il ait jamais rencontrée.

— Écoute-moi, princesse. Tu n'es revenue vers moi que pour lui. Ton amour pour lui transparaît dans tout ce que tu dis, dans tout ce que tu fais. Crois-moi, il le verra. Tu es forte, *cara*. Tu détestais l'idée de me demander de l'aide mais tu l'as fait. Tu m'as combattu avec force. Pour lui. Il a une chance inouïe de t'avoir.

Elle se calma, la bouche contre son cou. Il était tiède et rassurant.

— En te voyant, en t'écoutant, je me dis que tu serais une mère féroce si nous avions des enfants.

Elle se dégagea de ses bras.

— Tu fais partie de ces femmes qui sont les piliers des familles, ces mères autour de qui tout tourne. Ta loyauté m'impressionne. Tu rends au centuple ce que tu reçois.

— Pourtant, tu aimerais me changer…

— Ce n'est pas exact. Je t'ai seulement rappelé que moi aussi j'ai droit à un peu de reconnaissance. De loyauté.

Elle détourna les yeux et regarda au loin. Puis, se ressaisissant, lui fit face, prête à accepter la réponse qu'il allait lui faire.

— Penses-tu que nous avons fait une erreur ?

— Non.

— Je ne nous imagine pas ayant des enfants. En tout cas, pas avant que tout soit réglé pour Charlie. Et entre nous.

— Tu as raison.

— Tu me pardonnerais, si je faisais ce que ma mère a fait à Steve, si je te trompais ?

— Non !

L'idée de perdre Alessandra, qu'elle se donne à un autre homme était… intolérable.

Mais pourquoi ? Pourquoi sa question le déstabilisait-elle ? C'était incompréhensible. Quelques mois plus tôt, il ignorait jusqu'à son existence et aujourd'hui il n'avait pas de mots pour exprimer ce qu'il ressentait. Sauf… Sauf qu'elle prenait une place de plus en plus grande dans sa vie.

Trop grande.

Il prit une grande bouffée d'air.

— Où veux-tu en venir avec tes drôles de questions, Alessandra ? À me garder sous ta coupe ? Me tromper reviendrait à tricher avec la vie telle que nous la concevons l'un et l'autre. Ce n'est pas toi, ça.

À cet instant précis, il comprit qu'elle l'avait changé. Jamais, auparavant, il n'aurait argumenté. Ce genre de discussion ne l'intéressait pas. Mais aujourd'hui…

Antonio avait eu raison de s'inquiéter.

Aujourd'hui, elle voulait faire de lui un homme différent. Un homme meilleur. Un homme ouvert à la possibilité d'une réconciliation avec ses frères, un homme prêt à donner une seconde chance aux autres. Un homme capable de pardonner à la femme qui avait bousillé sa vie, brisé sa mère, blessure dont elle ne s'était jamais remise.

Mais il ne pouvait pas. Il était sur le même chemin depuis longtemps et ne savait pas comment s'en écarter ; comment ne plus être obnubilé par une idée fixe, prendre tout ce dont on l'avait privé ; comment accepter de regarder en face tout ce qu'il avait déjà fait au nom de la vengeance.

— J'étais maladivement jalouse d'Anna. De sa place dans ton passé. Et dans… dans ta vie, aujourd'hui, encore.

— Anna c'est du passé, Alessandra. Toi, tu es l'avenir.

— J'aimerais te croire et me dire que ce n'est pas seulement pour Charlie. J'ai besoin de croire dans notre mariage, Vincenzo. En toi. Je ne veux plus m'en faire pour les autres. Pour Leo, pour Massimo, pour BFI, pour le monde entier. Je veux ce que tu m'as promis quand nous étions sur l'île, nous deux, notre vie ensemble.

Il inspira profondément. Sa poitrine se gonfla de plaisir.

— Il te suffit de faire un pas vers moi, *bella*. Un dernier pas.

— Je ne sais pas pourquoi, je ressens ce pas comme une défaite.

Il hocha la tête.

— Non, *bella*, ce n'est pas une défaite. Tu baisses les armes, c'est tout.

Elle sourit. Ses yeux se mirent à briller d'un éclat intense. Elle repoussa sa robe, découvrant complètement ses longues jambes, et avança vers lui à genoux. Elle écarta les cuisses de Vincenzo et se glissa entre elles jusqu'à ce que ses seins effleurent son torse. Sans hésiter, elle prit les mains de Vincenzo et les posa sur ses hanches.

La soie de sa robe crissait sous ses doigts calleux, son parfum lui chatouillait les narines et le grisait… Cette femme était le festin dont on l'avait privé toute sa vie.

— Alessandra, *bella*, peut-être pas ce soir… Il faut d'abord te reposer, te consoler.

— Si, ce soir ! Tout de suite !

Elle le prit par le cou, emmêla ses cheveux, déposa mille petits baisers sur son visage, sur ses lèvres. Elles étaient tièdes et c'était délicieux.

— Je ne veux pas réfléchir, dit-elle. Je veux ressentir.

Il commença à haleter.

— Je me demande parfois si tu es le diable ou un ange, lui chuchota-t-elle à l'oreille, empoignant ses cheveux. Mais peu importe. Ce qui compte, c'est que tu sois à moi.

Ces premiers baisers… depuis si longtemps… Il en frissonna de plaisir.

— S'il te plaît, Vincenzo, dis que tu es à moi.

Dans l'excitation qui le gagnait, il hésita entre vérité, platitudes ou mensonges. Et soudain, la réponse lui vint avec des mots vrais venus d'il ne savait où. Peut-être pas de lui ?

— Je suis à toi, *bella*. Comme je n'ai jamais été à personne.

Se serrant contre lui, elle se jeta sur sa bouche, la dévora. L'invitant à plus. À tout.

— Moi aussi, je suis à toi. Prends-moi tout entière, murmura-t-elle contre ses lèvres.

Il empoigna ses hanches, grogna quand elle mordit ses lèvres, et passa la langue sur sa bouche meurtrie.

Un désir fou s'empara de lui, le pressant de lui ôter sa robe et de la caresser entre les jambes, là où elle attendait sa main. Mais la vie lui avait appris à être patient… Il pencha la tête et, du bout des dents, mordilla la peau tendre de son cou. La tiédeur, le goût sucré de sa peau le calmèrent en même temps qu'ils l'excitèrent.

Elle gémit mais, impatiente, le supplia.

Comme il ne bougeait pas, elle ondula contre lui, inquiète. Il ne comprenait pas ou il ne voulait pas ? Elle était explicite, pourtant.

— Tu m'as manqué, *bella*, dit-il contre son cou. Mais non, je ne veux pas faire ça, là, comme un ado travaillé par ses hormones. J'ai imaginé mille et une façons de te torturer pour te faire payer tous les mois où tu m'as manqué.

Elle éclata d'un rire qui lui rappela aussi combien sa joie de vivre lui avait manqué.

— Ça m'est égal de faire l'amour sur le plancher, dit-elle. Je n'ai pas besoin d'une chambre.

— Non, *bella*, je veux prendre mon temps avec toi. Tu as interrompu brutalement notre voyage de noces alors que nous avions encore tellement de choses à découvrir l'un de l'autre. Ce n'est pas vrai ?

Elle se mit à trembler. Il reprit sa bouche et la fouilla. Ce n'était plus assez. Il avait besoin de plus. De plus de contact, de plus d'intimité, de plus d'elle. Elle et lui… Entre eux, il y avait toujours eu quelque chose de plus que le plaisir – pourtant magique – de faire l'amour.

Antonio l'avait perçu. Il l'avait mis en garde.

Mais Vincenzo ne s'imaginait plus contrôlant ses sentiments et, moins encore, se privant d'Alessandra.

9.

Je suis à toi, bella.

Dévorant Alessandra de ses yeux pénétrants, Vincenzo la déposa sur son lit. La fraîcheur des draps contrastait avec la chaleur de son corps si viril contre elle.

Comme je n'ai jamais été à personne.

Ces deux phrases tournaient en boucle dans sa tête. Elle avait beau se dire qu'il avait prononcé ces mots à contrecœur, contraint et forcé par son insistance, elle se les répétait inlassablement.

Elle se releva sur les coudes mais il la rallongea sur le dos et posa les mains sur ses genoux pour la ramener au bord du lit et se glisser entre ses jambes. La soie de sa robe crissa sur les draps. Alessandra avait le souffle coupé.

Sans la quitter des yeux, il écarta son slip et la caressa intimement.

— S'il te plaît, Vincenzo, dit-elle, implorante.

— C'est mieux qu'avec ton nouvel ami ? dit-il d'un ton moqueur.

— Quoi ?

— Ton sex-toy !

— Tu ne m'as même pas laissée finir mon histoire, l'autre soir.

— Termine-la, alors, dit-il en venant contre elle.

Elle ouvrit les yeux et sourit.

— J'ai eu… J'ai eu un orgasme, c'est vrai, mais comment te dire ? Ça ne m'a rien fait. Je me sentais vide.

J'avais envie de tes mots tendres dans mon oreille, de ta chaleur sur moi, de te sentir me pénétrer, peser en moi. Rien n'est aussi voluptueux que toi quand tu te glisses en moi, aussi électrisant que lorsque tu donnes des coups de reins jusqu'à me faire mal… Jusqu'à me faire hurler de douleur… et de plaisir… et que nous sommes emportés tous les deux. Oui, j'aime… même souffrir, parce que je sais que je vais jouir.

Flatté, rassuré sur ce qu'elle ressentait, il recommença à la caresser. Lui écarta un peu plus les jambes et la toucha. Il connaissait les femmes et savait leur faire du bien, cela se sentait à la précision de ses gestes.

Brusquement, il plongea un doigt dans sa moiteur.

— Comme ça m'a manqué, dit-il, observant sa réaction. Dis-moi que tu aimes.

— Oh… Encore !

— Dis-moi ce que tu veux, lui dit-il comme chaque fois qu'ils faisaient l'amour, lui apprenant à mieux connaître son corps, à découvrir de nouveaux plaisirs.

— Touche-moi là, dit-elle en soulevant ses seins pour les lui offrir.

L'imaginer en train de les embrasser l'avait fait jouir le fameux soir du sex-toy.

— Descends tes bretelles, *cara*.

Elle leva les bras pour se dégager mais les bretelles restèrent coincées sur ses coudes.

— Toi d'abord, Vinc. Je veux te caresser, toi d'abord.

Elle voulait être sûre qu'il était aussi éperdu qu'elle et, pour s'en assurer, avait besoin de toucher, de caresser, d'embrasser chaque centimètre de sa peau.

— Tu ne penses pas que tu m'as déjà assez tourmenté, *bella* ? dit-il, la caressant toujours, de plus en plus profondément et de plus en plus vite, les yeux fiévreux.

Elle agrippa brusquement son poignet et l'arrêta.

— Je ne veux pas recevoir seulement, dit-elle. Je veux être sûre que tu aimes toi aussi.

En guise de réponse, il happa sa bouche, la réduisant au silence.

— Tu estimes que je ne me donne pas assez, *cara*, c'est ça ? chuchota-t-il contre ses lèvres.

Leurs souffles se mêlaient, aussi brûlants que leurs corps.

— Quoi que tu me donnes, si tu ne…

Il ne la laissa pas finir. Il connaissait la suite. Que quoi qu'il lui fasse, s'il ne lui donnait pas son amour, le plaisir que lui apporteraient leurs étreintes n'aurait pas plus de sens que celui qu'elle avait pris avec le sex-toy.

Redoutant ce qu'il allait lui dire, elle n'osait plus le regarder. Quant à lui… pour la première fois depuis qu'elle le connaissait, il fuyait son regard. Il capitulait.

Ses longs cils noirs cachant ce qu'exprimaient ses yeux, il lui prit les mains et les posa sur son torse.

— Fais ce que tu veux de moi, princesse.

Elle battit des paupières et les larmes qu'elle retenait se mirent à couler. Elle allait devoir vivre avec ce qu'elle avait là et s'en contenter.

Lui

Ça.

Elle allait fonder la famille qu'elle n'avait jamais eue. Elle allait tout donner, sans frein, sans réserve. Malgré tout.

Elle n'hésita pas. Elle déboutonna sa chemise et la sortit de son pantalon. Presque frénétique à la pensée de le toucher, elle dégagea ses épaules et fit zigzaguer ses mains sur lui, sur les muscles bombés de son torse. Il ne manifestait aucune émotion mais sa respiration s'était emballée. Elle se souleva pour l'embrasser, laissa sa bouche courir sur sa peau. Elle aimait son goût sur sa langue, son odeur. Elle le mordilla, remonta vers ses mamelons et les mordilla aussi. Elle chercha sa ceinture puis le bouton de son pantalon. Il ne manifestait toujours rien et se laissait faire. Se dominer, ce soir, ne semblait pourtant pas facile.

Sans réfléchir elle dégagea son pantalon, dénuda ses hanches et, instinctivement, empoigna ce sexe dont elle rêvait. Il grogna, inspira bruyamment, grogna de nouveau et posa sa main sur la sienne.

Elle retint son souffle. Il était dur dans ses doigts, dur et lisse et chaud. Dur et long et tellement tendre à la fois.

La tête basculée en arrière, les yeux fermés, suffoquant presque, il poussa un râle de fauve blessé. Mais elle voulait plus. Elle voulait qu'il perde tout contrôle et se lâche, s'abandonne. Elle voulait le découvrir fragile et vulnérable. Comme elle.

— Dis-moi ton fantasme le plus fou, lui dit-elle, impatiente de le sentir en elle.

— Ça, dit-il.

Le rayon de lune qui traversait la baie vitrée inondait son visage d'une lumière franche. Il empoigna ses cheveux et approcha son visage du sien.

— Toi… comme ça… toute à moi.

— Oui mais… que veux-tu que je fasse ?

Elle recula.

— Prends-moi dans ta bouche, lui demanda-t-il d'une voix rauque.

Elle se pencha sur lui et, appuyée sur les coudes, fit courir sa langue sur lui. Il gémit, se cambra, gémit de plus belle. Ah ! il voulait tout détruire… Elle allait *le* détruire.

Indifférente à ses sursauts, à ses râles et ses suppliques, elle l'entoura de sa main et le caressa, de plus en plus serré, de plus en plus vite, savourant la victoire de l'avoir soumis à son pouvoir.

— Arrête, *bella*, dit-il, suppliant.

Elle le lâcha et s'allongea sur le lit, sa robe relevée jusqu'aux hanches, les cheveux défaits.

Il la regarda, les yeux fiévreux. Tel le fauve prêt à dévorer sa proie. La plus belle proie qu'il ait jamais chassée.

Sa poitrine nue aux mamelons pointés, son ventre plat et ses jambes, ses jambes longues et joliment musclées, et le duvet qui protégeait le pays des merveilles dans lequel il désespérait de se cacher… Tout chez elle était excitant. Sans oublier sa bouche, cette bouche rose et boudeuse, cette bouche gourmande qui avait couru sur lui… et lui avait fait entrevoir le paradis…

Si elle lui demandait quelque chose ce soir, il ne le lui refuserait pas.

Il ôta son pantalon, se rallongea et la prit. D'un coup de reins. Presque brutal. Elle sursauta.

— S'il te plaît, Vincenzo… Oui… Encore…

Elle demandait le plaisir aussi violemment qu'elle le donnait. Il avait aimé cela aussi chez elle, à Bali.

— Garde les yeux ouverts, *bella*, ordonna-t-il, désireux qu'elle voie ce qu'elle lui faisait.

Elle se mit à trembler, se cambra, lui tendant ses hanches pour se sentir pénétrée plus loin encore. Pour être indissolublement unie à lui.

Il donna de nouveaux coups de reins et elle poussa un cri. Il s'immobilisa, inquiet.

— Je t'ai fait mal !

— Non, s'il te plaît, encore.

Elle le dévorait de ses beaux et grands yeux.

— Donne-moi tout !

— Je vais te faire mal.

— Non !

Il sut alors qu'elle était son havre, qu'en elle il était chez lui. Il avait enfin trouvé l'abri après lequel il avait couru toute sa vie.

— J'avais juste oublié que ça peut faire mal, mais j'aime quand tu me fais mal comme ça. Et tu le sais. Tu te souviens très bien de ce que j'aime.

Elle sourit et souleva les hanches. Il donna alors les derniers coups de reins, leur arrachant à tous les deux, ensemble, des râles de plaisir.

Saisie par une sensation de froid, Alessandra tapota la place à côté d'elle. Le lit était vide.

— Vincenzo, appela-t-elle. Où es-tu ?

Au même moment, il sautait sur le lit et la rejoignait, à quatre pattes, les yeux affamés, comme s'il allait l'avaler.

— Tu me man…

Elle n'eut pas le temps de finir sa phrase, il l'enjamba et s'allongea sur elle, la prenant en même temps. Un grondement de satisfaction lui échappa. Ravie, tout au bonheur de le sentir en elle, elle passa les bras derrière son dos et le serra contre elle.

Il était dur et elle le sentait battre en elle, si vivant… Ils se prirent mutuellement la bouche, savourant l'ardeur de ce baiser. Elle serait bien restée ainsi des heures, dans ses bras, enveloppée dans sa chaleur.

Elle enfouit la tête dans le creux de son épaule et l'embrassa. Moite, doux, tiède, il était un goût explosif sur sa langue.

— Regarde-moi, *bella*.

Elle garda les yeux fermés de peur qu'il ne voie le désir incontrôlable qui la tenaillait. De peur qu'il ne comprenne que, lorsqu'il la tenait comme cela et allait et venait en elle, elle ne voulait plus que cela.

— S'il te plaît, Vinc, prends-moi. Sinon, je meurs.

— Non, *bella*. Je veux que tu me regardes. Je me suis habitué à me voir dans tes yeux. À me noyer dans tes yeux.

— Voilà, dit-elle, relevant la tête, les yeux grands ouverts.

— Comme ça, Alessandra. Voilà, reste avec moi.

Il roula avec elle, la pressa sur le drap, la maintenant allongée sous les assauts de ses hanches.

— Plus vite, Vincenzo. S'il te plaît.

Il passa ses jambes autour de ses hanches et la pénétra sans attendre, allant et venant en elle, sans relâche, jusqu'à ce que la tempête les avale.

— Vincenzo, murmura-t-elle d'une voix épuisée. Oh ! Vinc !

Anéanti mais apaisé, il roula sur le côté puis, revenant à la réalité, l'appela.

— Tu es bien, *cara* ?

Elle se tourna vers lui et sourit.

— Oui, Vinc ! Je suis même mieux que bien.

Il l'embrassa alors avec ardeur, une ardeur qui la réchauffa jusqu'au bout des pieds.

10.

Vincenzo se réveilla en sursaut. Et complètement désorienté. S'endormir au petit matin n'était pas dans ses habitudes. Aussi longtemps qu'il avait veillé sur sa mère, il n'avait pas fermé l'œil de la nuit. Ensuite, dès qu'il avait eu quelques moyens, il avait engagé une infirmière mais c'était trop tard. Les dégâts étaient irréversibles.

Beaucoup plus tard, après sa réussite financière, c'était un empire qu'il avait dû gérer. Grosse fortune, énormes soucis. Nuits blanches.

À la pensée de ses responsabilités, il se réveilla totalement. Alessandra dormait, une jambe en travers de ses cuisses. Elle était calme, et rayonnait, même dans son sommeil. Il balaya une mèche tombée sur son front et passa doucement la main sur ses joues creuses de mannequin. Elle gémit, gigota. La couette glissa, offrant le spectacle du haut de ses seins et de son épaule douce comme du satin. Il sentit son corps réagir sur-le-champ. Jamais assouvi. Insatiable.

Cela faisait six jours qu'ils étaient ensemble, depuis le moment où il avait déboulé à l'improviste dans son atelier.

Aucun bruit dans les couloirs. Le marbre était froid sous ses pieds. L'immense bureau de Leonardo ne le surprit pas. Leo était le chef du clan Brunetti, l'aîné, l'héritier, et ce bureau, le siège où se prenaient toutes les décisions importantes, depuis des siècles.

Aujourd'hui encore, Vincenzo n'avait pas bien cerné le personnage. Massimo, lui, était plus ouvert, avec un esprit caustique qui l'amusait. En revanche, en Leonardo… Il retrouvait des facettes de lui-même.

— Vous vous imaginez déjà ici, c'est ça ? dit une voix derrière lui.

Il se retourna. Greta Brunetti était là, raide comme la justice.

— L'imagination nourrit les rêves. Cela ne doit pas vous étouffer. Ce fauteuil, ce bureau, cette maison… Tout cela est à ma portée, aujourd'hui, dit-il, surpris lui-même par son agressivité, faite de rancœur et de mépris.

Cela ne l'empêcha pas de poursuivre.

— J'étais en train de réfléchir à ce que je démolirai en premier. Ce bureau ou les tours de BFI.

Elle se décomposa, tellement que Vincenzo regretta – presque – sa cruauté.

— Que voulez-vous, monsieur Cavalli ?

— Il est beaucoup trop tard pour réparer, répondit-il.

— Jamais trop tard pour prendre conscience qu'on a eu tort. Jamais trop tard pour réparer ses erreurs.

— Ah… C'est la peur de la chute qui vous inspire ces propos.

— Non, quel que soit votre projet je m'en soucie peu, à mon âge. Mais Alessandra, si je peux faire quelque chose pour…

— Alessandra m'a choisi, je ne vous laisserai pas l'influencer.

— Je sais. Elle n'a plus de respect pour moi et c'est terrible. Je vous demande seulement de vous rappeler qu'elle n'est pour rien dans tout ceci. Elle est parfaitement innocente.

— Ma mère aussi était innocente.

— J'ai fait ce que je croyais bien, à l'époque, pour ma famille. Pendant des années, j'ai tenté de rattraper les erreurs de mon fils. Au fil du temps, à cause de lui, je me suis endurcie. Il m'a usée. J'ai fait mon devoir envers

Leo et Massimo. Mais je ne leur ai pas donné beaucoup d'affection.

— Peut-être mais ils ont eu un toit où dormir et de quoi manger. Moi, rien.

Il n'avait rien eu. On lui avait volé son enfance. Il avait payé cher la méchanceté de cette femme.

Après de longues et douloureuses secondes, il se passa la main dans les cheveux.

— Je vous accorde que vos petits-fils ne sont pas les monstres que je pensais.

Pourtant, l'affection qu'Alessandra leur portait le froissait. Elle le froissait d'autant plus qu'il estimait que les Brunetti étaient ses frères et qu'ils auraient dû, eux et lui, partager une certaine tendresse familiale. Une vraie complicité.

L'espoir d'Alessandra de les réunir un jour était complètement fou. Impensable après ce qu'il leur faisait depuis vingt ans.

— Bien sûr, j'ai été là pour eux, dit Greta.

— Si vous croyez que Leo et Massimo ont été heureux ici dans leur jeunesse, vous vous faites des illusions.

— Après l'inconduite de Silvio – ses exactions m'ont coûté cher —, je me suis retrouvée sans rien à leur donner. Cela ne les a pas empêchés de grandir et de devenir des hommes respectables, malgré leur père violent… Et moi. C'est seulement après mon mariage avec Carlos, le père d'Alessandra, que j'ai pris conscience de mes torts. Les méfaits de mon fils m'avaient changée, aigrie. Je suis devenue une femme amère, incapable d'un mot gentil pour mes petits-fils.

Non, il n'allait pas se laisser attendrir. Rien, rien ne justifierait jamais ce qu'elle leur avait fait, à sa mère et à lui.

— S'il vous plaît, Vincenzo, ne faites pas de mal à Alessandra.

— Je suis heureux de voir à quel point vous vous souciez d'elle ! dit-il, sarcastique.

— Vous êtes libre de ne pas me croire, Vincenzo. Elle m'a donné la chance de me racheter. De changer. S'il vous plaît…

Promets-moi de ne pas me mêler à ton histoire avec les Brunetti, lui avait un jour demandé Alessandra.

Jusqu'à ce jour, il avait tenu parole.

Et si, une fois BFI désossé, il gardait cette maison, cette maison qu'Alessandra adorait, au lieu de la détruire… Si elle et lui fondaient une famille bien à eux… S'ils pouvaient redémarrer dans la vie, ici, en ce lieu où ses rêves avaient été piétinés… Sa revanche ne serait-elle pas prise ?

Justice serait rendue, non ?

— Si elle compte tellement pour vous, prouvez-le.

Greta Brunetti pâlit tellement qu'il en éprouva presque du remords. Mais non, une fois encore, il ne devait pas se laisser attendrir.

— Comment ?

— Demandez à votre petit-fils de se démettre de ses fonctions de P-DG de BFI. Et soutenez ma candidature lors de la prochaine élection.

La vieille dame vacilla.

— Leonardo a tellement travaillé pour arriver à ce poste. Si je vous soutiens, il perdra la majorité.

— Croyez-moi, ce sera mieux que ce que je leur réserve à tous les deux. Le choix est simple.

Un éclat méchant passa dans les yeux de Greta. Sa vraie nature reprenait le dessus.

— Soit BFI reste intact et vous me soutenez, soit je détruis tout comme j'en avais initialement l'intention. Dans le premier cas, Alessandra ne sera pas malheureuse. C'est ce que vous venez de me demander, non ?

— Vous utiliseriez ma tendresse pour elle de cette façon ?

— Vos propos, vos actes ont fait de moi l'homme

que je suis devenu. Vous ne pouvez vous en prendre qu'à vous-même.

— Vous êtes un monstre…

— Le fils de mon père ! À ce qu'on m'a dit. Mais n'en dites rien à Alessandra.

Qu'adviendrait-il si elle apprenait cela ? C'en serait fini pour lui… Si près du but. Si près de l'avenir qu'il entrevoyait avec elle.

— Alessandra a choisi de vivre avec moi, dit-il, triomphant. Si je prends la tête de BFI, il n'y aura plus de problème et Alessandra ne sera plus une otage, piégée entre son passé et son avenir.

Sur ces mots, impatient de rejoindre Alessandra au lit, il s'en alla. Mais il se sentait moche. Comme s'il méritait le dégoût qu'il avait vu dans les yeux de la vieille dame.

Revenu dans la chambre, il se déshabilla vite et se glissa près d'Alessandra, qui se lova amoureusement contre lui. Il avait mal agi. Elle méritait mieux que lui. Il n'aurait jamais dû l'entraîner dans ses histoires et, encore moins, se servir d'elle pour abattre Greta, la dame qu'elle aimait tant.

Elle le serra très fort, enroula les jambes autour des siennes, l'invitant à la chevaucher. Prenant alors la bouche qu'elle lui tendait, il l'embrassa à en perdre le souffle et, doucement, la pénétra. L'effet fut immédiat. Pétri de désir et encouragé par Alessandra qui gémissait sous lui, il donna le coup de reins libérateur, excitant puis apaisant le feu qui les consumait tous les deux.

Après cette frénésie, les manœuvres qu'il imaginait quelques minutes plus tôt pour mener son plan à bien passèrent complètement à la trappe. Il n'éliminerait pas Alessandra de sa vie pour satisfaire sa soif de vengeance.

Il ne le pourrait pas. Il ne le voulait pas.

Parce qu'elle était sa femme. Son sauveur. Son sanctuaire.

Alessandra se sécha les cheveux et passa un déshabillé. Pieds nus, elle entra dans la chambre du loft qui dominait New York. Ils étaient ici depuis trois semaines et elle n'avait aucune envie de rentrer chez elle.

Encouragée par Vincenzo, elle avait profité de ces trois semaines pour rendre visite à la tombe de sa mère au cimetière. Elle lui avait parlé de son projet de créer une maison de couture qu'elle appellerait Alessandra & Alyssa. Pendant ces trois semaines, elle avait aussi rencontré un grand nom de la couture qui avait été bluffé par ses croquis « vraiment prometteurs ». Et l'avait engagée comme styliste. De son côté, Vincenzo était allé animer une conférence à Pékin. À cette occasion, elle avait mesuré – s'il en était besoin – l'immensité du vide qu'il laissait en partant. Leurs discussions lui manquaient, leurs échanges à propos de tout et de rien. De leurs carrières, de leur avenir, de leurs longues nuits paresseuses.

Le hic dans ce bonheur presque parfait était le passé de Vincenzo. Il refusait d'évoquer sa mère, Leo et Massimo, autant que ses manœuvres pour acquérir BFI. Prudente, elle évitait ces sujets et vivait un rêve éveillé auprès d'un Vincenzo qui lui donnait tout ce qu'elle désirait.

Elle se servait un verre d'eau quand un bruit de porte la fit se retourner. Il était là, visage fermé.

— Bonjour, dit-elle. Qu'est-ce qui ne va pas ?

— Tu m'avais dit que tu rejoignais mon camp, qu'est-ce que c'est que ces magouilles ? Je comprends pourquoi Antonio m'a mis en garde.

— Quelles magouilles ? Je ne comprends pas. Sache que, de mon côté, je n'apprécie pas que tu discutes de notre mariage avec ce vieux grincheux amer.

Il plissa les yeux.

— Ce vieillard grincheux est la seule figure masculine que j'ai eue de toute ma vie. C'est à ce vieillard grincheux que je dois d'être aujourd'hui un homme d'affaires florissant, au lieu d'une racaille pourrissant derrière les barreaux.

L'agacement retomba aussitôt en elle. Elle alla vers Vincenzo, lui prit le menton et le regarda. Il avait des cernes violets sous les yeux.

— Pardon. J'oublie tout le temps que tu as travaillé dur pour en arriver là.

— Je t'en prie, garde ta pitié pour toi.

Il repoussa sa main, menaçant.

— Tu as parlé à Leonardo et Massimo d'Antonio, et des autres !

— Je ne savais pas que c'était un secret.

— J'ai été complètement fou de croire que tu…

Il s'écarta, traits tendus, bouche pincée.

Comme si elle avait fait exprès de le trahir !

Soudain, au lieu de céder à la colère, légitime – puisqu'il mettait en doute sa franchise —, une certitude s'imposa. Ce n'était pas qu'il n'avait pas confiance en elle, c'était qu'il était incapable de faire confiance, séquelle d'une enfance traumatisée pendant laquelle il avait dû se débrouiller seul.

Espérant l'amadouer, elle prit un ton très doux.

— Ce qu'Antonio veut pour toi…

— Je refuse de discuter de ça avec toi.

— OK, j'ajoute ça à la liste des sujets tabous si je ne veux pas que notre mariage capote.

— Qu'est-ce que tu racontes ? tonna-t-il, s'asseyant sur le lit, la tête entre les mains.

— Laisse-moi t'expliquer.

— Pourquoi leur as-tu dit ?

— Parce qu'ils ont le droit de savoir que le comportement de leur père risque de provoquer un désastre, aujourd'hui encore. Parce que j'estime que tu n'as pas à porter ce poids tout seul. C'est une trop lourde charge, de rectifier les erreurs et les injustices dont Silvio s'est rendu responsable envers des malheureux incapables de se défendre seuls.

Il l'attira à lui en feulant comme un animal blessé et enfouit la tête dans sa poitrine.

— Leo va devenir papa, dit-elle, lui caressant les cheveux. Essaie de nous imaginer, toi et moi, attendant un enfant avec des gens piaffant d'impatience devant chez nous pour nous faire un sort.

La sentant frissonner, il resserra les bras autour de ses hanches.

— Comment fais-tu pour me deviner ? demanda-t-il.

Il releva la tête et capta son regard. Ils restèrent ainsi, yeux dans les yeux, fascinés, tétanisés, aussi fusionnels qu'au premier jour.

— J'ai décidé de ne pas abattre la maison, Alessandra.

Elle sauta de joie.

— Mais…, poursuivit-il.

Non, elle ne voulait pas de *mais*. Elle ne voulait rien entendre de plus.

Elle posa un doigt sur sa bouche et se dégagea les épaules de son déshabillé, qui tomba en corolle à ses pieds. Nue devant lui, belle et désirable, elle lui tendit la main. Il l'attira à lui.

Leur baiser fut intense, presque désespéré. Il avait les lèvres fermes, avides, il voulait prendre plus que donner. Il voulait tout ce qu'elle avait à offrir.

Il prit ses seins en coupe dans ses mains, en mordilla les mamelons. Empoigna de nouveau ses hanches et entoura son sexe de ses doigts.

Elle frémit. Son sexe était aussi tendre que sa bouche était ferme, aussi lisse que son baiser était rugueux.

— Je veux te prendre, lui dit-il, de la fièvre dans le regard.

Il se déshabilla et se colla à elle, poitrine contre poitrine, cuisses contre cuisses. Leurs lèvres se soudèrent. Elle glissa une jambe entre les siennes et bascula la tête en arrière en gémissant.

— Prends-moi, supplia-t-elle. Tout de suite.

Il plongea en elle et ne bougea plus. Prête à craquer, n'aspirant qu'à se resserrer autour de lui, elle le sentait, long, chaud et frémissant dans sa chair moite.

— Nous habiterons dans cette maison, *bella*, dit-il en la poussant contre le mur. Toi, moi, notre famille. Je ne vais donc pas la détruire. C'est mon cadeau de mariage, *cara*.

Il donna un coup de reins. Puis un autre, plus violent. À chaque assaut de ses hanches, il la projetait contre le mur, lui arrachant un petit cri excité.

— Tu aimes ? lui dit-il. N'est-ce pas que tu aimes !

Son visage était déformé par le désir, son regard voilé, sa voix rauque. La voix d'un désir fou et brutal qu'il ne contrôlait plus. C'était un fauve qui la prenait, sauvagement, désespérément, comme pour rattraper toutes les années de bonheur perdu.

Elle mit la tête dans son cou, le mordilla du bout des dents puis, d'une voix douce comme une berceuse, lui murmura des mots incompréhensibles. Peu importait leur signification, il était là, dans son port d'attache ; il avait trouvé le bonheur.

Un bon moment plus tard, Alessandra, blottie dans ses bras et lui volant sa chaleur, lui posa la question qu'elle n'avait pas eu le temps de formuler avant leurs étreintes, et qui la taraudait.

— Qu'ont dit Leo et Massimo pour mettre Antonio si en colère ?

Au lieu de la faire taire comme elle s'y attendait, il soupira et se mit à parler. La pénombre l'aidait sûrement mais l'obscurité n'expliquait pas tout. Elle avait remarqué chez lui quelque chose de nouveau, une fragilité qu'elle ne lui connaissait pas. Il avait changé. Et ce changement était prometteur. Elle voulait, en tout cas, se raccrocher à cet espoir.

— Ils ont offert une compensation financière aux familles lésées par leur père. Des formations, des emplois, et même des stock-options de BFI.

Soulagée, elle soupira à son tour mais modéra sa joie pour ne pas le provoquer.

— C'est bien, non ? dit-elle.

— Bien ? C'est ce que tu penses ? Ils achètent leur pardon, *cara*, tu ne vois donc pas ? C'est pour ça qu'Antonio a refusé le moindre centime.

— Eux n'ont rien à se reprocher. Rien ne les oblige à payer pour les fautes de Silvio. Ils le font parce qu'ils ont un sens aigu du bien et du mal.

La colère de Vincenzo semblait retomber.

— Tu es fâché parce que ce ne sont pas les monstres que tu croyais. Ce n'est pas trop tard, Vincenzo. Si tu leur tends la main…

— Ah non, pas encore ça, Alessandra !

Il se redressa. Il voulait qu'elle le laisse. Qu'elle cesse de le harceler. Parce que, si elle le privait de son appétit de vengeance, de sa soif de justice, si elle lui enlevait le goût de se battre qui avait sous-tendu toute sa vie d'adulte, que trouverait-elle ?

S'il perdait l'envie de conquérir BFI, que lui resterait-il ? Que resterait-il de lui ?

Il avait tout programmé avec soin, avait avancé ses pions selon un plan bien à lui, étape après étape, méticuleusement ; ce n'était pas pour renoncer maintenant. Non, il n'allait pas se laisser attendrir. Cœur dur il était, cœur de pierre il resterait. Car sa colère, son amertume, son ambition et sa quête de vengeance étaient son bouclier, une armure contre l'espérance et la vulnérabilité.

Une armure pour repousser son ennemi de toujours, l'amour, ce sentiment qu'il ne savait ni donner ni recevoir.

11.

De retour à Milan

Debout devant le miroir de la salle de bains, Alessandra, nue, essuya la buée et se regarda. Quelque chose avait changé. Elle passa la main sur son ventre, prit ses seins dans ses mains et les souleva. Ils étaient lourds et sensibles. C'était sûrement le stress des mois passés. Ou alors…

Non, c'était impossible. Vincenzo avait cessé de mettre un préservatif depuis leur mariage, mais elle prenait la pilule.

Elle aurait aimé en parler à quelqu'un. Greta n'était plus là. Les autres non plus. C'était Vincenzo et elle qui occupaient dorénavant la maison. Et bientôt Charlie.

Et, elle le sentait tout d'un coup, bientôt aussi, leur bébé.

Elle posa la main sur son ventre, s'attendant à une crise d'angoisse. Au contraire, une paix délicieuse descendit en elle.

Pour l'heure, Vincenzo, Leo, Massimo et Greta étaient tous chez BFI pour l'assemblée extraordinaire que Vincenzo avait demandée. Nul doute qu'il allait obtenir la majorité des voix et être désigné comme P-DG de Brunetti Finances Inc.

Ouf, ce serait la fin de la guerre !

Ils avaient quitté la maison ensemble et, malgré tout, Greta et ses petits-fils ne semblaient pas leur en vouloir. Ni à Vincenzo ni à elle.

Si Leo et Massimo avaient baissé les armes, sans protester, Vincenzo pouvait peut-être tirer un trait sur le passé ? Il serait tellement libéré… Il serait libre.

Vincenzo, l'estomac noué sans comprendre pourquoi, monta chercher sa femme dans sa chambre.

Tout le petit monde milanais de la finance se trouvait en bas et dans les jardins, tous fêtaient sa victoire. Il avait remporté le vote de confiance, Leonardo était déchu.

Alessandra avait fait une brève apparition et disparu, ce qui l'avait contrarié. Mais quand il l'aperçut, sur la terrasse, en contemplation devant le lac, il s'émut.

Moulée dans un ravissant fourreau, ses cheveux volant au vent, les oreilles parées de ses diamants et son joli collier au cou, elle était plus belle que jamais mais mélancolique.

Triste, plutôt.

— Ça ne va pas, *cara* ? Tu as l'air malheureux. On ne va pas encore se battre ce soir ?

— Non. Je voulais fêter ta victoire avec toi, ce soir. Parce que je pensais que tu allais enfin être libre. Libéré du poids de ton passé. Et que tu serais à moi. Rien qu'à moi.

— Mais tu es à moi, *bella*. Je te l'ai déjà dit.

— Oui mais sous conditions, Vincenzo. Je m'en rends compte maintenant, pourtant j'étais heureuse pour toi. En fait, je voulais aller me coucher avec toi, que tu me serres dans tes bras et je t'aurais annoncé la nouvelle merveilleuse que je rêve de te dire depuis ce matin.

Il la rejoignit.

— Alessandra, ça devait arriver, tu le savais.

— Oui. J'ai supplié Leo et Massimo de te pardonner. Je leur ai parlé de ta mère, de tout ce que tu avais vécu. Tu es qui tu es, et aujourd'hui je l'accepte car, en dépit de tout, je t'aime. Je t'aime plus que tout. Et c'est ce qui me fait mal.

Elle l'aimait. Mon Dieu, elle l'aimait ! C'était comme si le sol se dérobait sous lui.

— Je croyais, reprit-elle en ravalant ses larmes, que je réussirais à protéger Leo, Massimo et Greta de toi. Ils n'ont pas eu besoin de moi. Même pas quand tu as expulsé

Leo de ses fonctions de P-DG, même pas quand tu leur as pris leur maison. Ils n'ont jamais protesté. Ils vont bien. C'est toi qui as perdu le sens de ce qui compte dans la vie. C'est toi qu'il faut protéger.

Vexé, blessé, mécontent, il se mit à trembler.

— Je ne demande rien, Alessandra.

Elle poursuivit comme si elle ne l'avait pas entendu.

— Oui, c'est toi, je m'en suis rendu compte les mois passés. Personne ne peut nous sauver contre notre gré. Il faut le vouloir. Pour cela il est nécessaire que quelqu'un que nous aimons et qui nous aime nous aide. Quelqu'un qui croit en nous, même quand, aveuglés par la colère, nous ne voyons plus devant nous. Moi, je veux te sauver, Vincenzo.

Elle lui prit le visage entre ses mains.

— Tu l'as fait pour moi. Grâce à toi, j'ai pris conscience que je devais rester et me battre. Tu m'as fait…

Elle se blottit contre lui.

— Tu avais raison, dit-elle, je ne comprenais pas ta rancœur contre Greta parce que je ne mesurais pas la profondeur de ton chagrin quand tu la voyais. Avoir tout ceci maintenant et ne pas pouvoir le dire à ta mère…

— Alessandra ! Rien de tout cela n'est nouveau. Qu'est-ce qui a changé ?

Elle se redressa, le regarda dans les yeux et posa la main sur son ventre.

— Ça, dit-elle. Découvrir que je suis enceinte.

— Quoi ? Tu es enceinte ?

Il se passa la main dans les cheveux.

— Mais… Quand… ?

Incrédule, il regarda la main qu'elle avait posée sur son ventre.

— Je sais, c'est fou. Je n'en croyais pas le test, mais si, c'est bien vrai. Toi et moi avons créé une vie. Je vais te donner une famille, Vincenzo. Un enfant à aimer, fait avec l'homme que j'adore. Je suis comblée.

— En ce cas, pourquoi pleures-tu ?

— Je ne sais pas. J'étais tellement heureuse que j'ai décidé de pardonner à Greta ce qu'elle t'a fait. Je lui ai téléphoné. J'ai compris que quelque chose n'allait pas. Je l'ai fait parler. Elle m'a raconté que tu l'avais menacée et…

Elle sanglota.

— Je n'en peux plus, Vincenzo. Notre mariage est maudit. Quoi que tu dises maintenant, tu ne me convaincras pas.

Ses yeux brillaient d'un mélange de colère et de désespoir.

— Tu m'avais promis de ne pas m'utiliser contre eux. Tu n'as pas tenu ta parole. Tu les as chassés d'ici. Tu penses que l'amour est une faiblesse, tu ne guériras jamais de ce poison. Il t'infeste depuis beaucoup trop longtemps. Personnellement, je m'en serais peut-être accommodée, mais je ne veux pas de ça pour notre enfant. Ni pour Charlie.

— Si je comprends bien, tu romps, Alessandra ?

— Non, mais j'ai besoin de vivre auprès d'un homme qui reconnaît que l'amour est important. Cet enfant et Charlie ne grandiront qu'avec un père capable de les aimer.

— Je les aimerai.

— Diras-tu à ton enfant ce que tu as fait à tes frères ? Quel monde lui offriras-tu ? Celui de la haine et de la vengeance, ou de l'amour ?

— Ne fais pas ça, Alessandra. Tu es prête à sacrifier tout ce que tu désires ? Et Charlie, aussi ?

— Non, je ne laisserai jamais tomber Charlie. J'obtiendrai sa garde parce que tu m'aideras. Notre relation va en rester là mais pas avant que Charlie soit en sécurité avec moi. Tu me dois ça. J'espère que, pour une fois, tu honoreras ta parole. En ce qui concerne mon enfant, j'ai une famille. Leo et Massimo m'aideront si besoin. Charlie a une famille qui l'aimera… Mais à distance.

— C'est avant tout notre enfant qui m'importe, Alessandra.

— Je ferai tout, je prendrai tout, toi y compris, pour le protéger. Je sais que tu n'es pas le genre d'homme à séparer un enfant de sa mère. Sur ce point, je ne me fais pas de souci.

— Tu me quittes et, dans le même temps, tu me dis que tu me fais confiance ?

— Oui, parce que tu te punis toi-même, Vincenzo. Je déteste te voir souffrir. Je supporte mal de voir la solitude dans tes yeux. Je refuse de rester à la regarder te dévorer à petit feu. Je refuse de laisser l'ombre corrosive de ta rancœur nous entamer, moi et deux jeunes vies innocentes. Tu voulais cet empire, Vincenzo. Tu l'as. Mais, moi, tu m'as perdue.

Il resta de marbre, malgré la rage qui lui colorait les joues.

— Aie au moins la pudeur de ne pas me raconter que tu m'aimes.

— Mais je t'aime. De tout mon cœur. Je sais ce que c'est qu'aimer quelqu'un. C'est vouloir son bonheur. Et, contrairement à ce que tu proclames, ce n'est pas une faiblesse.

Sur ces mots, la tête bien droite, elle partit. Loin de lui. Loin de sa vie. Le laissant vide et désemparé sur les terres de l'empire qu'il avait conquis.

Hanté par les propos d'Alessandra, Vincenzo finit la bouteille de scotch de Leonardo et traversa le hall, la bouteille à la main.

Pour la première fois de sa vie, il était ivre et ne tenait plus debout.

En titubant, il passa de pièce en pièce, incapable de s'arrêter nulle part. Trop de souvenirs partout. Jusque sur les murs des couloirs où des portraits d'ancêtres semblaient le juger.

Il avait détesté cette famille et utilisé cette haine pour avancer. Elle avait été le carburant qui l'avait poussé vers les sommets. Il pensait qu'une fois sa vengeance accomplie, son ambition satisfaite, il fêterait sa victoire.

Hélas ! Il se sentait sans ressort, aussi vide que cette maudite maison.

Il alla dans le chai transformé en atelier pour Alessandra et ne s'y attarda pas. Il entra ensuite dans le labo de Massimo, le génie de la technique, et ressortit aussitôt. Il continua vers la serre qu'il quitta pour retourner dans la maison. Il voyait Alessandra partout, en train de rire, de pleurer, de l'embrasser, en train de se chamailler avec Massimo, d'étreindre Leo.

Il se faisait l'effet d'un fantôme hantant les couloirs d'une demeure qu'il avait toujours voulu posséder. Il avait tout ce qu'il avait toujours désiré. Mais…

Mais il avait perdu la seule chose dont il avait vraiment besoin. La chose sans laquelle il ne pouvait pas vivre, l'amour d'Alessandra, avec son rire, ses sourires, ses baisers, ses larmes, sa présence joyeuse.

Il avait été seul toute sa vie, cela n'aurait donc pas dû le toucher. Cette solitude-ci était différente. Plus profonde, plus dure, car ressentie par un homme qui n'était plus le même et éprouvait un sentiment qui lui était totalement étranger.

Le bruit de pas qui approchaient le fit fuir dans le salon. Un espoir fou emballa son cœur, qui se mit à palpiter.

Dehors, deux silhouettes éclairées par la lune se détachaient sur le mur. On alluma le lustre. Aveuglé par la lumière, Vincenzo se retint au piano à queue pour ne pas tomber. Il battit des paupières et jura à voix haute. Massimo surgit en riant, flanqué de Leo, sérieux, avec un rictus au coin des lèvres que Vincenzo lui aurait bien effacé d'un coup de poing dans la figure.

— Qu'est-ce que vous foutez là, vous deux ?

— On est venus voir si vous alliez bien, dit Massimo, riant toujours à la vue d'un Vincenzo échevelé et titubant.

Je vais te dire un truc, Leo. Je ne suis pas mécontent de le trouver comme ça. Il paie pour ce qu'il nous a fait. Enfin, presque.

— Foutez-moi le camp, hurla Vincenzo. Raouste !

Leo vint vers lui et, malgré son état, Vincenzo remarqua la ressemblance entre cet homme et lui. Cet homme qui, sans aucun doute, aurait fait un formidable grand frère. Un exemple. Un protecteur.

— Attendez, là, qui vous a dit de venir ? C'est Neha ?

— Non, c'est votre femme, qui voulez-vous que ce soit ? Vous êtes content, hein, de lui faire du mal ? Aïe, aïe, aïe, vous n'êtes vraiment pas digne d'elle.

— Ce n'est pas moi, c'est elle qui m'a quitté. Vous avez raison, je ne la mérite pas. Elle a essayé de me calmer, de dédramatiser, mais je ne l'ai pas écoutée. J'ai laissé passer ma chance. Résultat, je suis là, comme une andouille et…

Ses genoux flanchèrent et, cette fois, il tomba. Se redressant tant bien que mal sur les genoux, il se prit la tête à deux mains. Dieu du ciel ! Qu'avait-il fait ? Et cette foutue maison, sa société et même ce monde… Sans elle, plus rien n'avait de sens.

Hagard, il leva les yeux.

— J'ai… J'ai tout gagné et… heu… tout perdu d'un seul… coup !

Les deux frères s'agenouillèrent, chacun d'un côté. Malgré son état, il en ressentit de la honte et quelque chose d'autre… Quelque chose qui restait coincé dans sa gorge.

— Qu'est-ce que vous fichez dans cette maison après que je vous ai foutus hors d'ici, hors de chez vous ?

— On n'est pas des monstres. On imagine ce que notre mère vous a fait endurer. Mais ce n'est pas elle qui a poussé Alessandra à rompre, ni elle, ni les mauvaises actions de notre père, ni Greta. Ni nous. C'est vous qui avez laissé partir la femme qui vous aime.

Il parvint à se relever.

— Allez la chercher… si vous pensez qu'elle acceptera. Allez la…

— Avant cela, je suggère un geste de votre part, dit Massimo en lui tapant dans le dos.

— Si c'est pour me faire la morale, comme elle, c'est bon. Pas besoin de deux foutus Brunetti pour me dire que j'ai tout fichu en l'air.

— On est venus vous dire que vous avez choisi une femme qui vous pardonnera… presque tout si vous faites des efforts pour vous améliorer, Vincenzo.

Leo se releva.

— Dans ce domaine, Massimo a de l'expérience. Si vous voulez ses lumières…

Vincenzo les regarda, éberlué.

— Ce n'est pas facile pour moi. Je n'ai jamais rien demandé à personne. J'ai jamais…

Il s'arrêta.

— J'ai des choses à dire, et je veux que ce soit elle qui les entende en premier.

12.

Panique. Elle n'était pas à New York. Ni à Milan. Ni à Pékin. Vincenzo trouva finalement Alessandra là où tout avait commencé pour eux.

Sous la végétation luxuriante qui encerclait le village d'Ubud se cachait la villa où ils avaient séjourné, au bord de la somptueuse plage privée.

Elle était assise au bord de la piscine, un verre d'eau posé sur une petite table à côté d'elle, un bloc de papier à dessin sur les genoux.

Elle était assoupie, mais son sommeil était agité.

Tout doucement il s'approcha, répugnant à l'idée de la réveiller, mais elle dut sentir une présence car elle cligna des yeux.

— Bonjour, ma princesse.

— Vin… Vincenzo ?

Elle se frotta les yeux et, une fois certaine de ne pas avoir d'hallucinations, se redressa dans son fauteuil. Elle fit la moue qu'il détestait.

— Tu t'es encore sauvée, *bella*.

— Je t'ai dit que je partais. Mais… Que fais-tu ici ? Je t'ai dit que le juge se prononce dans deux semaines pour Charlie, à New York.

— Je pensais t'accompagner.

— Trop aimable. Mais je n'ai besoin de personne. Pour la suite non plus. Quand j'aurai la garde de Charlie, nous n'aurons plus besoin de nous revoir.

— Bon sang, Alessandra ! Ne me parle pas comme ça… Comme si j'étais un étranger.

— Oui, ben quoi ? Il faut bien que je sois forte, c'est tout. Si je continue de te voir, je vais devenir folle.

Il hocha la tête et, déstabilisé par la rudesse de l'accueil, lui lança la première chose qui lui passait par la tête.

— Comment vas-tu ?

— Bien, des nausées le matin, à midi et le soir, mais, paraît-il, c'est normal. Chez certaines femmes. À part ça, comme tu peux le voir, je suis seule. Greta, Leo et Massimo me manquent. Natalie aussi. Au fait, Neha a-t-elle eu ses jumeaux ?

— Oui, tout le monde va bien. Maya et Matteo sont très mignons. Surtout Maya.

— Pourquoi ? Tu les as vus ?

— Oui, j'ai demandé à Leo et il a accepté.

Il crut voir une lueur d'espoir sur le visage d'Alessandra mais elle détourna les yeux.

— Pourquoi ?

Très vite, il passa plusieurs réponses en revue mais les rejeta.

— Parce que je me suis dit que tu aimerais avoir de leurs nouvelles en direct. Et parce que ce salaud de Massimo a prétendu qu'il serait leur oncle préféré, et pas moi.

Les mots sortaient en torrent, il était intarissable. Sans filtre.

— J'ai aussi pensé à ce que tu m'avais dit. Que ce serait aussi mon neveu et ma nièce et donc les cousins de notre enfant. Et je veux que ce bébé ait plein de famille pour l'entourer. Je ne veux pas qu'il soit seul, comme moi.

Il tomba à genoux et enfouit la tête dans ses cuisses.

— *Ti amo*, Alessandra. De tout mon cœur. Sans toi, ma vie est vide, *cara*.

— Non, Vincenzo, ne recommence pas, ne joue pas avec moi.

— Ce n'est pas un jeu, *bella*. Ça n'a jamais été un jeu. Je suis tombé amoureux de toi à la seconde où je t'ai vue. Mais il m'a fallu tout ce temps pour comprendre ce que ça voulait dire. Excuse-moi mais, côté sentiments, je ne suis pas rapide !

Il releva la tête, la respiration suspendue à ce qu'elle allait répondre.

Ses yeux brillaient. Son émotion était presque palpable. Dire qu'un jour, peut-être, elle ne le regarderait plus comme cela et qu'elle le quitterait encore.

Non, il ne fallait pas penser à cela. Il ne devait pas douter de son amour.

— Si je te dis quelque chose, tu me croiras ? Je ne me suis pas servi du vote de Greta contre Leo, à la dernière assemblée. En plus du reste, cela aurait été impardonnable. En revanche, ce jour-là, j'ai parlé à Antonio. Et j'ai su que la fuite à la presse de ma relation avec les Brunetti, c'était lui. Son but était de me fâcher avec toi pour que je poursuive, que je mène ma résolution à bien : les venger tous. Même si ça devait te mettre par terre. À cette occasion, j'ai mesuré le poids de la haine qu'il a en lui. À travers lui j'ai vu mon avenir, *bella*. J'ai vu ce qui m'attendait, la solitude et la haine au lieu du bonheur d'une famille et de l'amour. Alors, j'ai commencé à m'interroger sur ce que j'avais fait à mes frères. Sur l'homme que je suis. Et je me suis dit que je n'étais pas digne de toi.

— Je ne demande pas un homme parfait, Vincenzo. De toute manière, il n'existe pas. Je te veux toi. Toi, toi, toi, malgré tout ce que tu as fait.

— Pardonne-moi, Alessandra. J'aurais dû tout comprendre plus tôt. Tu sais quoi ? J'ai fait un cauchemar horrible cette nuit. Pour je ne sais quelle raison, la première fois, j'avais changé d'idée et je ne venais plus à Bali. Je ne t'avais donc pas rencontrée et tout était raté, à commencer par mon avenir avec toi. Je n'aurais jamais la chance de te connaître et tu ne pourrais donc jamais m'aimer. Je me suis réveillé en nage, les draps trempés glacés autour de moi. J'ai tâté le lit et tu n'étais pas là. Tu m'as sauvé, *bella*, de mes démons. Je t'aime et je t'aimerai toujours.

Il la prit dans ses bras et se rassit en la plaçant sur ses genoux. Il l'embrassa, la berça, maudissant le mal qu'il lui avait fait.

— Tu sais, Vinc, tous les soirs en me couchant, j'avais l'espoir de te revoir le lendemain. Te quitter m'a arraché le cœur, c'était affreux. Je ne recommencerai plus.

— *Chut,* mon trésor. Tu n'auras plus de raisons de me quitter. Jamais, *bella*. Je ne douterai plus jamais de ton amour. Tu n'auras plus jamais à douter du mien.

Elle l'embrassa et Vincenzo, bouleversé, éprouva comme un sentiment de renaissance.

— Quand tu seras prête, nous prendrons un vol pour New York pour voir Charlie et nous le ramènerons à la maison pour qu'il fasse la connaissance du reste de la famille.

— Vraiment ? dit-elle, le regardant comme un héros.

Il se rengorgea. Pour la première fois de sa vie, s'il n'était pas un héros, il n'était et ne serait plus un méchant.

— J'ai voulu rendre la maison à Leo et Massimo. Je les ai suppliés de la reprendre, d'y revenir, ce qui a surtout plu à Massimo. Il a quand même continué à exciter Leo pour qu'il me taquine mais Natalie l'a enguirlandé, elle voulait qu'il me fiche la paix. Après tout ce temps, on dirait que je compte encore pour elle.

Il regarda ailleurs mais Alessandra lui tira doucement les cheveux jusqu'à ce qu'il la regarde.

— Parce qu'elle t'aime, Vincenzo. Tu n'as pas compris ? Elle n'a connu que tes mauvais côtés et, malgré cela, elle a toujours de la tendresse pour toi. Ces amours-là… ne disparaissent pas en une nuit, tu sais.

Il l'embrassa avec passion.

— Je commence à le comprendre, princesse.

— Et ensuite… ? Quoi d'autre ?

— Leo ne veut pas réintégrer la maison. Il s'en fait construire une à son goût pour vivre avec Neha et les bébés, et sa mère. Quant à Natalie et Massimo, ils trouvent la maison Brunetti trop grande pour eux.

— Et quid de BFI ?

Il ravala sa honte.

— Leo ne veut plus de la présidence de la société. Il dit que c'est très lourd, et qu'en ce qui le concerne ça suffit. Il travaille toujours pour la société, avec moi, mais pas comme P-DG. J'ai proposé la fonction à Massimo mais il l'a refusée comme si je lui offrais… le diable ! Il dit qu'il est plus heureux à diriger BCS, que la bureaucratie et tout ce qui tourne autour lui font horreur et que ce serait une punition pour lui. Qu'il laisse ça aux névrosés dopés au boulot.

— Et… que dis-tu de tout ça ? demanda-t-elle timidement. Tu es content ?

— Je le suis si tu l'es, *bella*. Je ne veux surtout pas que tu penses que BFI et la villa ou je ne sais quoi encore sont plus importants que toi pour moi.

— Je sais que tu n'es pas dévoré par le goût du pouvoir, Vincenzo.

— En conclusion, la maison est à nous mais seulement si tu le veux. Seulement si tu penses que tu y seras heureuse.

— Et Greta ? Puis-je lui proposer de venir vivre avec nous ?

— C'est encore un test, *bella* ? Tu as à ce point perdu toute confiance en moi ?

Elle lui caressa les joues.

— Non, pas du tout. Tu sais, quand je l'ai cuisinée pour savoir de quoi tu l'avais menacée, elle… elle a fondu en larmes. Elle… Elle m'a dit qu'elle ne me le dirait pas. Qu'en dépit de tout le mal que tu m'avais fait, elle était sûre que tu m'aimais. À la manière d'un Brunetti, a-t-elle ajouté. Comme s'il y avait de quoi être fier d'avoir un caractère de cochon !

Il sourit à Alessandra qui l'attirait à elle.

— Vous avez tous les deux besoin de temps pour lisser votre relation, Vincenzo. Mais la maison est immense. Ta mère et ses infirmières peuvent facilement y vivre. J'insiste.

Il ravala la boule coincée dans sa gorge.

— Ce n'est pas toujours facile, de l'avoir dans les pattes.

Elle haussa les épaules.

— Vivre en famille n'est pas toujours du gâteau ! J'ai toujours voulu une grande famille. Toi et moi et Charlie et ce bébé et Greta… Voilà le début d'une grande famille. C'est ce que j'ai toujours désiré.

— Tu es ma joie, mon bonheur, ma princesse. Avec toi, je suis heureux, partout. Avec ce bébé, avec Charlie. Donc oui, *bella*, oui à tout ce que tu souhaites. Je veux une vie pleine de rires et de joie.

— Merci, murmura-t-elle sur ses lèvres.

Il crut que son cœur allait exploser de bonheur car il avait découvert l'amour.

Épilogue

Huit mois plus tard

Alessandra se lova contre Vincenzo, qui l'avait prise par les hanches ; elle le sentit contre elle, plein de désir. Elle rejeta la tête en arrière, savourant les caresses de son mari.

— Tu m'as manqué, princesse, lui chuchota-t-il à l'oreille. Trois mois sans toi, c'était trop long. Dorénavant, je m'arrangerai pour faire moins de voyages à l'étranger.

— Toi aussi, tu m'as manqué, dit-elle en lui tendant ses seins sur lesquels il se pencha aussitôt.

— Tu crois qu'on a quelques minutes avant de relever Greta de ses fonctions ?

Alessandra jeta un coup d'œil en bas. Charlie courait autour d'un cercle imaginaire, la mère de Vincenzo veillait sur le bébé dans sa poussette, Greta surveillait tout ce petit monde.

— Greta n'a pas besoin qu'on aille la relever. Elle calme ton petit chenapan de fils, Luca, et ta mère en même temps en disant je ne sais quel mot magique de sa voix de chef ! Ils s'entendent tous très bien, Vincenzo. C'est merveilleux.

Il ne répondit pas mais se crispa en voyant sa mère s'approcher de la poussette de leur enfant. Mais en bonne grand-mère, elle se contenta de relever sa tétine et de la lui remettre dans la bouche.

Alessandra sourit. Les huit derniers mois n'avaient été

que bonheur et joie, mis à part quelques petits épisodes pénibles pour son mari ; cette grande famille élargie représentait beaucoup de responsabilités, parfois écrasantes.

Mais pas un jour ne passait sans qu'il lui dise combien il l'aimait. Pas un jour ne passait sans qu'il lui montre combien leurs enfants Luca et Charlie, et Leo et Massimo, comptaient pour lui.

Comment avait-elle pu penser qu'il était un crapaud ? Non, son mari était un prince, la crème des hommes, qui avait appris à aimer quand lui-même ne l'avait jamais été.

Les bras autour de son cou, elle l'embrassa encore.

— Ne t'inquiète pas pour elle, Vincenzo. Greta et moi, on se relaie. Et la gouvernante est là, aussi.

Il se détendit.

— Excuse-moi, c'est une habitude, c'est tout, *bella*.

— Je sais. Au fait, tu ne m'as pas parlé de ton déjeuner avec Antonio. On va le voir bientôt ?

— Je ne sais pas mais je ne le laisserai pas tomber malgré ce qu'il a fait.

— Je sais bien, Vinc. Invite-le à déjeuner ici la prochaine fois, pour qu'il fasse la connaissance de ton petit voyou de fils.

— Ah, ah, c'est mon fils quand c'est un voyou, et le tien quand il dort comme un ange.

Il prit sa bouche et l'embrassa avec gourmandise, mais un baiser ne lui suffisait pas. Il commença à défaire la fermeture Éclair de sa robe mais elle s'échappa.

— Je te veux, ma princesse. S'il te plaît, dit-il en déboutonnant sa chemise.

— Mais ils vont tous arriver, Leo et Neha et les jumeaux, et Massimo et Natalie.

Il lui vola un nouveau baiser.

— Je vais nous faire du bien, *bella*. Juste quelques minutes…

Elle posa les mains sur son torse, désormais nu.

— Quelques minutes seulement ? Mais… ça ne me suffit pas !

Il la prit dans ses bras et alla s'installer avec elle dans le fauteuil devant la fenêtre qui surplombait le jardin.

— Laisse-moi te tenir, au moins, *bella*. Avant que les garçons ou ma mère ou ta belle-mère ou je ne sais qui encore ne réclament ton attention. Laisse-moi t'avoir un peu à moi, tu veux bien ?

Elle opina et se blottit contre lui.

Il l'embrassa et son cœur qui palpitait si fort finit par se calmer.

— Tu vois ce que tu me fais, dit-il. Tu m'apaises.

Et il resta là, assis calmement avec, sur les genoux, la femme qu'il aimait de plus en plus au fil des jours.

Sa vie était douce, riche, plus douce et plus riche que, dans ses rêves les plus fous, il n'aurait pu l'imaginer.

Vous avez aimé *L'épouse d'une vengeance* ?
Retrouvez en numérique tous les frères Brunetti !
Trois romans signés Tara Pammi.

1. *Une rivale pour alliée*
2. *Ce pacte si troublant*
3. *L'épouse d'une vengeance*

Retrouvez prochainement,
dans votre collection

AZUR

L'enfant de Rio Bardales, de Kim Lawrence - N°4312

« C'est ma fille. » Les mots de Rio Bardales font frémir Gwen. Car, jusqu'ici, le redoutable milliardaire ignorait qu'il était père. Certes, lors de leur rencontre trois ans plus tôt, il s'était montré parfaitement clair : leur liaison serait nécessairement éphémère – et elle l'avait été. Mais aujourd'hui tout a changé : Rio s'est découvert une enfant et la revendique comme son héritière. Pire, alors qu'il n'éprouve aucun sentiment pour Gwen, il exige qu'elle devienne son épouse !

Le secret d'un homme d'affaires, de Cathy Williams - N°4313

Secrétaire particulière du très exigeant Matt Falconer, Violet a l'habitude de faire face à toutes sortes de situation, pour les régler avec son efficacité légendaire. Or, aujourd'hui que son patron se tient devant sa porte, elle se sent désarmée, impuissante. Car elle attend un enfant de lui ! Parce que tous deux se sont égarés au cours d'une nuit aussi folle que passionnée, Violet doit-elle accepter le mariage de convenance que lui propose Matt, alors qu'il n'a jamais été question d'amour entre eux ?

Sombres noces italiennes, de Caitlin Crews - N°4314

Elle doit l'épouser. Peut-elle choisir de l'aimer ? Pour l'innocente Angelina, un mariage avec Benedetto Franceschi devrait être terrifiant. L'énigmatique homme d'affaires italien n'a-t-il pas vu disparaître ses six précédentes compagnes dans des circonstances mystérieuses et inquiétantes ? Pourtant Angelina n'a pas peur, si ce n'est des sentiments intenses que son fiancé fait naître en elle. Auprès de lui, dans son château bâti sur une île isolée, elle se découvre une autre femme, pleine de désir…

La promise piégée, de Pippa Roscoe - N°4315

Ella est aussi innocente que Roman est sombre. Et leur rencontre dans un bois dense n'est en rien le fruit du hasard… Au contraire, c'est la vengeance chevillée au cœur que Roman aborde la jeune femme pour la séduire. Comme il l'avait envisagé, quelques beaux discours et des baisers tendres suffisent à convaincre Ella qu'il est digne de confiance. Mieux encore, l'homme idéal. Piégée par l'amour, la douce sera bientôt son épouse, et il sera temps alors, pour Roman, de lui révéler sa vraie nature…

Un contrat devant l'autel, de Chantelle Shaw - N°4316

Rien ne se passe comme prévu, pour Leah. Fiancée au gentil James, la voilà soudain seule devant l'autel… et contrainte d'épouser le sulfureux Marco De Valle. Cet homme sombre, et dont la cicatrice au visage rehausse la virilité, lui inspire un désir coupable. Car, entre eux, il ne s'agira que d'une union de convenance, permettant à Leah de toucher son héritage et à Marco d'offrir une figure maternelle à son fils, Nicky. Mais, à mesure que les époux se rapprochent, la tentation devient forte de donner à leur mariage une tournure sensuelle…

Cette nuit avec un prince, de Lynne Graham - N°4317

Un dernier péché avant de subir la pénitence d'un mariage… Contraint de prendre femme pour donner à son peuple l'héritier qu'il attend, Rafiq al-Rahman, prince du Zenara, décide de s'offrir quelques heures de liberté dans les bras d'une inconnue. L'innocente Izzy, femme de chambre dans le palace où il séjourne en Angleterre, est exactement celle qu'il recherche ! Non seulement elle ignore tout de son statut royal, mais ses manières naïves et la douceur de son regard représentent un défi supplémentaire pour lui. Et surtout, la promesse d'une nuit inoubliable…

La passion de Gia, de Jennifer Faye - N°4318

SÉRIE : *L'HÉRITAGE DES BARTOLINI* - 2/3

Elle n'est pas une Bartolini. Face à cette révélation qui fait éclater tous ses repères, Gia est aussi bouleversée que déterminée à retrouver son père biologique. Partie à la recherche de ses origines, elle arrive sur la petite île italienne de Lapri. Et, plus précisément, sur le pas d'une maison abandonnée dont le nouveau propriétaire l'accueille avec froideur. Riccardo Moretti est en effet persuadé que Gia est une intrigante, jusqu'à ce qu'elle lui raconte son histoire. Bientôt pourtant, tandis que la passion flambe entre eux, une question vient tarauder Gia. Se pourrait-il qu'en renouant avec son passé elle ait trouvé l'homme qui partagera son avenir ?

Liée à un Xenakis, de Maya Blake - N°4319

SÉRIE : *AUDACIEUX MILLIARDAIRES* - 2/2

Il y a deux mois, je me rendais chez Neo Xenakis pour m'excuser de l'erreur terrible que j'avais faite, et qui lui était préjudiciable. Seulement voilà, la passion a brusquement pris le dessus et, d'un regard intense à un baiser brûlant, je me suis retrouvée dans le lit du puissant Grec. Que dois-je faire aujourd'hui ? Avouer à Neo que j'attends un enfant de lui ? Parce qu'il est persuadé de ne pouvoir engendrer d'héritier, me croira-t-il quand je lui révélerai que notre unique nuit d'amour nous a liés à jamais ?

La révélation d'une maîtresse, de Dani Collins - N°4320

SÉRIE : *FRÈRES RIVAUX* - 2/2

Neuf mois. Cela fait neuf mois que Javiero Rodriguez n'a pas revu Scarlett Walker. Aussi est-il stupéfait de la retrouver sur le point d'accoucher de son enfant ! Bien qu'il n'ait jamais envisagé de fonder une famille, il décide aussitôt d'assumer ses responsabilités en épousant Scarlett. Après l'enfance désastreuse qu'il a vécue, il veut offrir à son fils un foyer stable. Reste à convaincre Scarlett qu'une union de convenance est la seule option possible pour eux, malgré la passion qui les unit autant qu'elle les oppose...

La conquête d'une princesse, de Rebecca Winters - N°4321

SÉRIE : *PRINCESSES ET MARIÉES* - 1/3

En tant que princesse, Lanza connaît son devoir. Bientôt elle épousera Stefano, le prince d'Umbriano, qu'elle n'a jamais rencontré. Cette union de pure convenance, décidée par leurs familles respectives, permettra une alliance entre leurs deux royaumes ; c'est une promesse de paix, et elle compte bien l'honorer ! Seulement, sa rencontre avec son futur époux la bouleverse. Stefano fait aussitôt battre son cœur, si bien que Lanza se prend à rêver que leur mariage puisse faire éclore de tendres sentiments...

Une héritière à dompter, de Sharon Kendrick - N°4322

Plus jeune, Loukas Sarantos n'était qu'un simple garde du corps. Désormais, il est l'un des hommes les plus riches de la planète et peut s'offrir tout ce qui lui plaît. Alors, si son choix d'investissement s'est porté sur Lulu, une entreprise de bijoux aux ventes déclinantes, il ne s'agit pas d'un hasard. Non, s'il a racheté la firme, c'est pour avoir du pouvoir sur son égérie, Jessica Cartwright. Jessica, celle qui lui a brisé le cœur des années plus tôt, en refusant sa demande en mariage sous prétexte qu'il n'était pas assez riche pour la satisfaire. Mais aujourd'hui l'heure de la vengeance a sonné : Loukas tient le destin de Jessica entre ses mains...

OFFRE DÉCOUVERTE !

Vous souhaitez découvrir nos collections ? Recevez **votre 1er colis gratuit* avec 2 cadeaux surprises !** Une fois votre colis de bienvenue reçu, si vous souhaitez continuer à recevoir nos livres, cela se fera automatiquement. Vous recevrez alors vos livres inédits** en avant-première.

Vous n'avez aucune obligation d'achat et cette offre est sans engagement de durée !

*1 livre offert + 2 cadeaux / 2 livres offerts pour la collection Azur + 2 cadeaux. La collection Harmony démarre avec un premier colis payant à 20,16€ (frais d'envoi inclus). **Les livres Ispahan, Sagas, Gentlemen et Hors-Série sont des réédités.

☛ COCHEZ la collection choisie et renvoyez cette page au
Service Lectrices Harlequin – CS 20008 – 59718 Lille Cedex 9 – France

Collections	Références	Prix colis*
❑ **AZUR**	Z1ZFA6	6 livres par mois 29,39€
❑ **BLANCHE**	B1ZFA3	3 livres par mois 24,15€
❑ **LES HISTORIQUES**	H1ZFA2	2 livres par mois 16,89€
❑ **ISPAHAN**	Y1ZFA3	3 livres tous les 2 mois 23,85€
❑ **PASSIONS**	R1ZFA3	3 livres par mois 25,59€
❑ **SAGAS**	N1ZFA3	3 livres tous les 2 mois 28,26€
❑ **BLACK ROSE**	I1ZFA3	3 livres par mois 25,59€
❑ **VICTORIA**	V1ZFA3	3 livres tous les 2 mois 26,19€
❑ **GENTLEMEN**	G1ZFA2	2 livres tous les 2 mois 17,35€
❑ **HARMONY**	O1ZFA3	3 livres tous les mois 20,16€
❑ **ALIÉNOR**	A1ZFA2	2 livres tous les 2 mois 17,35€
❑ **HORS-SÉRIE**	C1ZFA2	2 livres tous les 2 mois 17,85€

N° d'abonnée Harlequin (si vous en avez un) ⎿⏌⎿⏌⎿⏌⎿⏌⎿⏌

Mme ❑ Mlle ❑ Nom : ____________________

Prénom : ____________________ Adresse : ____________________

____

Code Postal : ⎿⏌⎿⏌⎿⏌ Ville : ____________________

Pays : ____________________ Tél. : ⎿⏌⎿⏌⎿⏌⎿⏌⎿⏌

E-mail : ____

Date de naissance : ____

❑ Oui, je souhaite recevoir par e-mail les offres promotionnelles des éditions Harlequin.
❑ Oui, je souhaite recevoir par e-mail les offres promotionnelles des partenaires des éditions Harlequin.

Date limite : 31 décembre 2021. Vous recevrez votre colis environ 20 jours après réception de ce bon. Offre soumise à acceptation et réservée aux personnes majeures, résidant en France métropolitaine, dans la limite des stocks disponibles. Prix susceptibles de modification en cours d'année. Vous pouvez demander à accéder à vos données personnelles, à les rectifier ou à les effacer. Il vous suffit de nous écrire en nous indiquant vos nom, prénom et adresse à : Service Lectrices Harlequin CS 20008 59718 LILLE Cedex 9. Service Lectrices disponible du lundi au vendredi de 8h à 18h : 01 45 82 47 47.

Harlequin® est une marque déposée du groupe HarperCollins France – 83/85, Bd Vincent Auriol – 75646 Paris cedex 13. SA au capital de 3 120 000€ – R.C. Paris. Siret 31867159100069/APE5811Z.